U0688217

　　落葵，本名武海岗，生于1984年，山西晋城人。曾在《上海文学》《诗刊》《解放军文艺》《北京文学》和《青年作家》等刊物发表作品。出版诗集《在沸腾中抽身离开》《阅读全部日志》等。曾获首届莫干山国际诗歌节铜奖、第五届上海国际诗歌节征文二等奖。入围"诗探索红高粱诗歌奖""诗探索中国诗歌发现奖"。鲁迅文学院山西中青年作家班学员，山西文学院签约作家。主编"蓝色启航"诗丛。

中国行吟诗人文库 第二辑　李立　主编

无穷花

落葵　著

黄河出版传媒集团
阳光出版社

图书在版编目（CIP）数据

无穷花 / 落葵著. -- 银川：阳光出版社，2024.
8. -- (中国行吟诗人文库 / 李立主编). -- ISBN 978-
7-5525-7305-3

Ⅰ. I227

中国国家版本馆CIP数据核字第20248PV929号

中国行吟诗人文库　第二辑　　　　　　李　立　主编

无穷花
WU QIONG HUA　　　　　　　　　　　落　葵　著

责任编辑　胡　鹏　赵维娟
封面设计　鸿儒文轩·末末美书
责任印制　岳建宁

黄河出版传媒集团
阳光出版社　出版发行

出版人　薛文斌
地　　址　宁夏银川市北京东路139号出版大厦（750001）
网　　址　http://www.ygchbs.com
网上书店　http://shop129132959.taobao.com
电子信箱　yangguangchubanshe@163.com
邮购电话　0951-5047283
经　　销　全国新华书店
印刷装订　三河市华东印刷有限公司
印刷委托书号　（宁）0029588

开　　本　787 mm×1092 mm　1/32
印　　张　7.5
字　　数　130千字
版　　次　2024年8月第1版
印　　次　2024年8月第1次印刷
书　　号　ISBN 978-7-5525-7305-3
定　　价　58.00元

版权所有　翻印必究

总序

行吟者，灵魂像风一样自由

李立

空气看不见摸不着，上天入地，间隙不留，无处不在，随时生风。大千世界，朗朗乾坤，诗意无所不至，如风般潜隐、默化、繁衍、缤纷、飘逸、激扬。边行边吟，行吟诗歌如雨后春笋，蓬勃兴起。当代行吟诗歌已呈方兴未艾、风生水起之势。

尺寸方圆，风起云涌，绵绵无穷。思想可抵达之地，便是诗情的肥沃土壤，行吟诗歌的种子就能生根、萌芽、开花、结果。

行吟诗歌，自古有之，古今中外许多伟大的诗人，留下不胜枚举的不朽之作。

"飞流直下三千尺，疑是银河落九天。"诗仙李白临风对月，纵横山水，笑傲江湖，托举金樽，嬉笑怒骂，出口成章，行吟天下。

"朱门酒肉臭，路有冻死骨。"诗圣杜甫悲天悯人，路见凄怆，有感而发，笔触凝重，抨击时政，揭露黑暗。

"众里寻他千百度。蓦然回首，那人却在，灯火阑珊处。"一生以恢复中原为志的南宋名将辛弃疾仿佛在描绘爱情，又好像在抒发心中的压抑。他行吟于塞上边关，出入于金戈铁马，奔波于长城内外，倾诉壮志难酬的悲愤。

行吟诗歌可分抒情诗、叙事诗、咏物诗、爱情诗等。但行吟诗歌没有泾渭分明的派别之争，没有壁垒矗立的门第之别，四海之内的诵吟唱颂皆为行吟诗歌。行吟诗歌讲究清新脱俗、自然天成，拒绝闭门造车、忸怩作态、故步自封。马嘶狼嚎、鸟唱虫鸣、飞瀑激流等大自然发出的天籁之音，行吟诗人都乐意洗耳恭听，并欣然与之唱和。

风喜于拈花惹草，擅于推波助澜，忠于神采飞扬，形于来无影去无踪。从不作茧自缚，从不循规蹈矩，从不因循守旧，从不裹足不前。它弹拨漫山红叶，它吹奏江湖涟漪，它令蝴蝶蹁跹起舞，它让雪花深情款款，它能使春光风情万种，它亦能使黄沙骚动不安，在风面前，万物皆难以克制和矜持，不会无动于衷。

行吟诗歌歌颂大自然，表达真善美，挞伐假恶丑，颂扬清风正气，赞美清平世界。行吟诗歌不是游山玩水的遣兴，不是游手好闲的造作，不是江山如画的拼图，不是沽名钓誉的无病呻吟。

行吟诗歌能走进峻岭悬崖的皱褶内核，能与江河湖海促膝谈心，能与大漠戈壁共枕日月，能与孤花独草形成心灵共振，能以一颗怜悯之心去撞击世俗的铜墙铁壁，能赋予落寞古刹崭新的生命力。行吟诗歌最先抵达的目的地，是行吟者的内心深处。

脚步触摸不了的远方，只要思想和诗意锲而不舍，行吟诗歌就永远没有终点站。

想走就走，沐风浴日，披星戴月，挥毫落纸。山川河流，都市街巷，名胜古刹，危峰峭壁，荒郊野外，田间地头，只要你悉心观察，用心灵的颤音去追寻缪斯，那么，你就会诀别于寂寥和空虚，收获大自然慷慨的馈赠。行吟诗歌如风一样无处不在，但更加持重、洒脱、灵动、端庄、丰满、秀丽、辽阔，更讲究内涵、韵律、节奏和风情，看得透理得清，来无影去有踪。

大自然是行吟诗歌的温床。行而吟之，诗如其人。

大鹏借助风升空，诗人驾驭意境升华。

行吟者，目光如炬，声似洪钟，思如泉涌，行走在蓝色星球上，灵魂像风一样自由。笔随心动，诗意生风。诗情蓬勃，无所不及。

2023 年 11 月 1 日于新疆塔城

序

游吟诗人气质与往昔缅怀

金汝平

认识青年诗人落葵已有好几年了。物以类聚，人以群分，诗人通过诗互相熟悉对方，又通过平凡生活中的频繁交往加深这种了解、这种认识，或者引为同道，或者视为战友，或者貌合神离，价值观念与审美趣味迥然不同，最终转身而去，形同陌路人，点点头，握握手，碰杯茶而已。我喜欢和一些青年诗人把酒论诗，嬉笑怒骂，啸聚成群。然后月明星稀，一哄而散，空留一夜长风横扫城市空荡荡的街道，并飘来一阵阵风的疑问：诗人啊，你们究竟是哪类人？作为诗人，我发现落葵身上明显带有一种少见的"游吟诗人"的气质。他在祖国西部边地多年的漂泊漫游，给他青春勃发的生命，留下不灭的烙印。他的诗就构筑在这种心灵烙印之上，并情不自禁地书写它。无形之中，也被它支配、主宰。诗人从没有绝对的独立过，他的独立依存于他无法逃离的生活，包括他的人文环境、地理环境。边地的苍茫景观，转化为他笔下那些坚硬的、朴素的、奇特的、辽阔的意象，万千情思纷乱繁复渗透其中。从他的诗句中，我强烈地觉察到一种天地之间浩荡开阔的淋漓元气扑面而来，如长风、急雨，如峡谷暴烈的马蹄声，充沛、饱满。落葵的诗，游离于知识分子的写作之外，也异于目前泛滥成灾的泛口语写作。另外，精神之气的流溢，让他的诗呈现出某种并非刻意建构的节奏感、音乐性，呈现旋律的自然回环。或许，这也是他"游吟诗人气质"显形于诗的构成部分。神秘是万物的内在特质，一切皆神秘。诗意悄无声息又花开草长地孕育，本身也是神秘莫测的。以至于诗人本人说不清道不明，甚至他自己的说法，也来自对自我精神运动方式及抒写形式的误解和错解。是的，当我进入落葵对新疆的诗意抒写，我不只关注新疆，更关注他以言辞介入新疆的个体角度。地理学意义上的西部存在，只有作为审美对象，突入诗人波澜起伏激荡不息的情思深处，并与这情思互相纠缠互相撞击发生强烈的持续的震荡与共鸣之时，诗意的萌发才有可能，才具有必要性而非某种偶然性。否则，对万物的感受就是表相的、浅陋的，常常沦落成一种小资情调的虚饰的低吟浅唱。人与万物的相遇，不只是敏捷的停留、惊异的凝视、灵活的捕捉，更是精神与具体存在之物的交流和融合。你中有我，我中有你，内中有外，外中有内，水乳交融，不可分离，浑然一体。对于青年落葵，新疆何尝不是一种无比珍贵的不可代替的馈赠？它极大地拓展了一个青春诗人的目光视野，充实了诗人的胸怀和梦想，给予他磨难、激励、穿越未来人生地平线的勇气和不屈的斗志与信心，但以诗歌写作的美学尺度来衡量，则是对诗中美与力的双重发现及双重肯定。如果说落葵的诗，基本逃脱了平庸、卑琐与狭隘、空洞、无聊的常见毛病，常常以一种向上飞腾、向天冲击的姿势，宣泄自我生命的激情，如横飞自由之鸟，并在荒凉广阔的大地上，投下累累石头的重量之影、素朴之影、笨拙之影、坚硬之影，这与他的新疆阅历不无关联。一种当代诗较为开阔和奔放的气度，已初步显形。《在戈壁上看火车》《玛纳斯河》《酒醉后的兰州》等诗篇，都是他鲜活的诗的见证。我可以这样说，不仅是新疆的美不胜收孕育了他的诗，也是他的诗，从特异的角度，重新塑造了新疆及西部的雄浑苍劲之美。一片无限奇异又无限广袤的地域，因落葵饱含深情意味的抒写，更加奇异。对西部的赞美讴歌与沉思，对落葵来讲还只是开始。在这条路上，他还有更多风景要看，更多声音要听，他还有更多隐匿诗意需要掘地三尺地挖掘。因为他早已看见了，看见了秋天的日暮，荒凉如一把金黄的沙子！他还看见千里戈壁无际无边横陈天地之间，火车像沉睡中的蟒蛇，又如披着黝黑铁甲的勇士，梦游般缓缓地驶来。的确如此，人之生命离不开伟大的自然界每时每刻对我们神奇甜蜜的哺育与滋养，一个诗人尤为如此。正如中国现代杰出诗人冯至先生，在他《十四行集》里所书写的：我们走过的城市、山川，都化成我们的生命。还有：什么是我们的实在？从远方把这些事物带来，从面前把这些事物带走。而那带来与带走的，都静静变幻为文字，变幻为诗。长存于诗中，不会为时间带走。

诗歌，对于热爱它的人，总是闪耀一束异样的光芒，激荡一种独有而神秘的力量。只要持久地迷恋诗，热爱诗，写诗，一个人的心灵甚至外貌，都会发生某些变化。

另一个我，诞生于我之中，生长于我之中，展现于我之中。虽然，这微妙而缓慢的变化，诗人本身并不自觉地孜孜以求，但他绝对能隐隐感知，并承受这变化带来的一切后果。悲剧的或喜剧的，或闹剧的。他和时代的关系，也紧张起来。正如布莱希特那尖锐有力的拷问：这是一个什么时代？ 20 世纪 90 年代以来，物质主义消费主义泛滥成灾，以某种不可阻挡的狂暴之力，驱使我们沉溺其中不能自拔。我们活得多么匆忙，多么琐碎，多么骚乱不堪。内在的灵性，日复一日地丧失。这时候，诗人有责任提醒，当然，首先是提醒落葵自己："从沸腾中抽身离开。"哪怕只和自己静静地坐上一会。对万物的洞察，对自己的洞察，对世界这个庞然大物的探究，都以某种程度的孤独，作为条件，作为基础，作为前提和背景。我理解的落葵是惧怕孤独的人，逃离孤独的人。生命永远为孤独而燃烧！但惧怕孤独的人，最终落入孤独之中。他写下的诗，必然具备双重性，既是他内在孤独的孕育之物，同时也以语言的神奇魅力，反抗着孤独。孤独，仿佛提供某种隐秘的第三只眼，让落葵看清自己：这个曾在西部边疆浪荡多年的年轻人，到底是谁？他追逐着什么？梦想着什么？最终又获得了什么？或者两手空空，抓不住一缕盘旋戈壁沙漠的黑旋风。穿越时间的重重迷雾，在历历在目的对往事的追忆中，那些不可回归的青春激情，才得以呈现，得以在诗人热爱的言语中存留。那抽象的变为具象，模糊的变为明晰，无形的变为有形，混乱的变为秩序，庸常的变为独异，整体的变为个体。可见，可闻，可嗅，可感，可品，可触摸，可置换，可留存。在这被物充塞，而物与物拥挤不堪又摩擦碰撞的世界，诗也是一种奇妙而荒诞之物，我们在对它欣赏的过程中，又把它重新创造。精神与肉体的双重快乐，洋溢着。诗人也在此铁律中展示自己肆意纵横的才华。或许，诗人才是最多情的人。哪怕多情自古空余恨。多情总是激起我们对如烟往事的追忆，试图捕捉那难以捕捉的东西。对于落葵，父亲粗糙的大手、有力的大手、温暖的大手。祖母的游鱼、南瓜灯，九月的彗星拖着长长尾巴，构成他一生成长过程的良辰美景和重大事件，同时也铸造了他刻骨的回忆。一个常常陷落在回忆之中的人，表面带着忧郁的表情，但他的内心实际是坚强的。因为回忆指引他回归最早的出发点，最早的地平线，最早的爱与飞翔的梦，并从中获得存在的奥义与崭新启示。他将从回忆中重新出发，朝太阳迈着更矫健的步伐。表面上看，每个诗人都在瞬间与刹那，突入别具一格风采迥异的个体抒写，但真实在于，一旦抒写，瞬间已成过去，刹那也成永恒。而一切抒写，最终只能注定是对过去的抒写。回忆对人的无限笼罩，谁又能逃脱？又有什么必要逃脱？在一团蓝色火焰的幽静飘飞中，落葵回忆着他的奶奶。这深情的、温热的、真挚的表达，献给他的奶奶，又何尝不是写给我们每一个人生活中永恒的奶奶？诗，是赞歌，同时也是挽歌。在一团离我们越来越遥远的蓝色火焰中，那些沉湎于回忆的人，是有福的，落葵是有福的。

这几年落葵勤奋而高产，在许多国家级刊物上也常常露面。但在我看来，写出更优秀更杰出的作品，比发表更为重要，因为它艰难百倍！诗之珍贵，在于它从不是自在的固有的，它是历经诗人之心诗人之手的呕心沥血的创造！道生一，一生二，二生三。世上本无诗。诗在诗人心里，更在诗人笔下。让诗意的萌发和诗的幽微显形，牢固地扎根于自我真切而晦暗不明又骚动不安的血肉中，爱恨情仇以至对死的逃避与恐惧中，扎根于狂想、梦幻的奇妙莫测与灵魂日复一日的战栗中。这是我们写作的第一条严格准则。忠实于自我最真的感受！否则，写与想的分离，必然导致大堆无关痛痒的虚情假意的轻飘空洞的字句。那不是诗，哪怕这类东西极度流行而受宠。实际上它却是诗最大的敌人。拿这段话与落葵共勉。祝愿落葵诗以更沉甸甸、金灿灿的美学重量，给我们以欣喜，以惊奇，以震撼。而这必须付出坚韧不拔的努力！

（金汝平：诗人、评论家。20世纪80年代毕业于南开大学。现任教于山西财经大学文化传播学院。出版有《乌鸦们宣称》等三部诗集。著有长篇散文诗《死魂灵之歌》，箴言体随想录《荒唐言》，评论《诗及诗人的随想》《写作的秘密》等多篇。）

第一辑　新的菜谱

第二辑　听雨

第三辑　一列街灯里孤独的一盏

第一辑

新的菜谱

无穷花

金甲虫空腹，已作为泥土的饲物
雨带我走前面的路

是晨间的细雾，这种神奇的水珠
晕染着司马迁墓地的石马

戴盆望天，木石之身
血的野艾草已挣脱囚室

石碑上镌刻的华章
唤醒了身体里的江河

自唤为"牛马走"的男人
让圆形的黄土塬有了尖锐的性格

在杂草疯长的旱桥边

一株带毛刺的木槿

它有一个好听的名字：无穷花……

新的菜谱

慌乱行走的不只是光，还有灰尘
一只在地板上缓慢爬行的虫子

在晴空的郊外散步，为坐公交车
还是乘坐出租，激烈地争吵
在泥土芬芳的生鲜超市挑选蔬菜和水果
在密集的健身房里，打台球、跑步、骑车和洗澡
在周末搬动家具，调换书桌的位置
无数次搬家，尝试做新的菜谱

把笔记本、宣传彩页、记事的小彩页
把十几年来的时间、光影和梦
投入到四季的箱子

从城市的一角到另一角，从这里到那里
汾河的铁索冰凉，像一把尘世的心事之铁

伊犁河谷的夜晚枯寂，仍旧能听到那沟渠
天山的雪水在缓慢地流呵

我们用最笨拙的手，剁碎了生活辛辣芬芳的姜片
炸丸子，劈开了黄羊的肋骨，那生硬的棘突
加入胡萝卜碎，来做裹了一层油的抓饭

生命的更替像击鼓传花的游戏，生疏的菜谱
也被我们变得熟稔，爆起的蒜蓉和辣椒
不仅是古老的手艺，也是恩惠，是点染苍茫白纸上
最深刻的一抹红

走路

朝那人大喊，"嗨"
他不回头，没有回应

转过街角，他隐匿于建筑物之后
继续用无数分身，用愤怒来寻找我

雪后消融，槐叶被风带到地上
清冷，且是安静的，有如开示
极似一个旧时朋友

身背篮球的女儿问我：
爸爸，你在喊谁
转过头，摸着她的头

沉溺于风与走路带来的安稳
数呼吸的数量，数女儿讲给我的故事里的人

在晚秋的断路折返

天色黯淡，天空上似有压路机的辙痕
水库旁边，铁驳船像停泊了千年日月

路虽远，也不得不原路折返
轮胎摩擦地面，心中的牵引

恍惚被毡房里的一碗浆水面消解
他来自甘肃，脸像起伏的
褚红色祁连山

世间的路哪一条不是穷途
他的眼泪是人间的苦还是慈悲？

东奔西走，山坡的野花草
又曾多识得几种？

路过，伐不断恼人的荆棘草
心头又平添几分嗔念

我曾拿了几种好东西
秋天也干涸了鱼的池塘

有些河里没有鱼

水漫过岩石，以为淹没了倔强
撕毁了日历，担心延误了汛期

有些鱼是没有鳞片的
有些河里没有鱼

与一只越冬的麻雀交换心跳
与一只春天的黄牛交换青草
与一朵雨后的松茸交换
黑暗潮湿的奔跑

玉米面捏成的疙瘩，恰似胃部的形状
燃旺的柴薪，给冬天的红薯提供发芽的温暖
把萝卜丝囚于灰缸里的
不是农人，是绵长的日子

因为风，读懂了树的语言

因为坏人，悟到了柔软

因为屠刀，理解了一头年猪的眼神

鹰骨

有沉默的电流，当他把手摁在骨孔时
声音还没有发出

我已有一种预感，高亢入云的
如鹰翅膀一样的声音

鸟飞无迹，遍地牛羊
寂然的林中，那骨笛发出的响动
已折断了所有束缚

在山与山之间

草木悲伤，它们放缓自己
马羊转场，牧民将毡房的铁管放平

冬天到来，最后一次进山
之后，林木隶属于冰与雪

越冬的马鹿和雪豹
将见不到寻常的黄羊和骆驼

随手指了一只羊
转回头，牧民已把它挂在了
铁丝上

山泉水还没有停歇
羊颚骨在浮游生物与水草间
发出安静的白

那时，我温暖于阳光的从容，
羊汤的滚烫，

不知道
一棵杉树的耐心完整
一朵云的愿望缥缈

初冬记忆

冬天阳台上的冰霜在玻璃上
笔直的线，弯曲的图形
像是海洋把一小群生物遗忘在了上面

晚上把煤球放在炉子里
早上母亲用三角锅给我们做小米稀粥

热蒸汽从空中架设的管道中溢出
我怀疑是生物的一种惊人的进化

它安静，像大摇大摆的风一样
逃离

另有岛屿

记得漫长无所事事的守岁的日子
欲望简单，电灯把屋子的夜晚
照成白昼一样明亮，北风呼啸
铁门和野地里的柴垛，催生
谜一样待解的北方的春天
星星与天幕交叠，彼此另有岛屿
在太阳系的腹地，有更多未知的
星宿，不曾等待你的探索和垂青
爱眼前的一切就够了，待融化的
山涧的溪流，冰雪覆盖的野草
长满枝头的果实，毫无预警的
山洪，沉郁的爱与理解，最佳的
心绪，无穷尽的生的过程，内心
之中的庙宇，不断重塑的自身
用密钥打开一门锁，适应恶劣
天气，享受阳光晴好，在节日

在一年的终点，用最简易的方式做一道菜
倾倒一年到头最后一份垃圾

酒碗里的星星

清晨，酒碗里没有星星
不能喝酒，我喝一碗热汤

一个鸟儿模仿我的心情
在树林的深处鸣叫

"不去远方了，远方的酒碗里
没有星星"
它在晨雾中说
晨雾厚得像新手的领带

我到林中
那只鸟儿飞向天空
天空幽蓝，是前印象派画家
找到的，独特的颜料

我暗暗地看着高处的小鸟

它送给我一份喜悦

卖红薯的老者

给一个街边谋生的老者写传记
平凡、缓慢
像乐器发出无效音

方言散乱，时间无法校准乡音的记忆
根茎膨大，烤熟的糖分跌倒在行人前

我记得培养红薯苗的方式
用泥土修建窖池，搭建火炕，覆盖透气的细沙
就像雕一本小众的书，只有几个读者
细心，把安定交给心
把呼吸和火，传递给野草绒和木材

他经历过的，一定覆盖过我的熟悉

三轮车侧的喇叭反复播放单调的声音

像匠人在固执地打火，砍凿木榫

他的腰佝偻着，如一把弯弓
这让他像远古时代的猎手

把他捕获的野兔、猪獾
把他剥下的兽皮、喜悦、心底里的火
交给爱人和孩子

儿子，做饭的时候想起一个人

做饭时候想起一个人
想起她做饭时候的样子

她会做的菜肴并不太多
我仍会想起她在木砧板前
拿着中国式大板刀的样子

她在夏天时额前的汗珠
她在冬天时略微红肿的手指

她弯腰去摘院子里刚长大的菜椒
她矮身钻进鸡舍去拿刚下的鸡蛋

她在饭勺上滴落些植物油放在火上
用耐心等它们沸腾
加入提前切碎的蒜末

等那蒜末在热油中翻滚、变黄

在变黑之前的那几秒里

快速地放入提前做好的

米、面条、土豆、南瓜混合的汤饭中

想起她做饭的样子，她的耐心与恬静

我的眼睛里好像又住进去了两位眼泪之神

我的眼泪并非她只是我的祖母

不仅因她把我看护长大

想起她在清晨为陌生人送上的玉米面疙瘩

想起她在深夜为她的对头制作献祭的面花

她贫困之中仍有的慷慨与豁达

与她中国式圆润大脸多么相似

细想你的母亲竟与她有几分相像

我不禁为天意的眷顾感到神奇

站在大河沿子镇

秋天的日晷，
荒凉如一把金黄的沙子

葵花不语，苜蓿草成捆叠放
罂粟花憔悴，远处是被束缚的马蹄

晚饭过后，不再交谈
卡拉 OK 声如突然融裂的冰泉

一通电话让所有声音消失
我们重又返回到晦明不清的路上

我站在大河沿子镇偏西
心有念物，月光皎白

莫泊桑：伊薇特的花园

在你的长廊，黑夜里
蹿上天空的烟花，恒久留在
人们的梦里

伊薇特属于小型花园
是用你听来故事的砖瓦修建

对于看惯残酷人事的来说
没有什么可怖

清晨朝阳下的露水
比难寻的水晶更加可贵
因为它易逝
像白天里剧烈燃烧自己
飞上天空的烟火

人们是循着尖锐声响的尾部
才看到短暂的白烟
和脚下黑火药的蛛丝马迹

那是乡下女冒险家身躯的残余
空有玉容的女洗碗工
除了售卖爱情，还把血管里的血
来饲养梦的马车

马车拖不动伊薇特
它和她都在梦幻里进退两难

她在闪电里炸毁了自己
等她醒来
看到了世界的背面
和美丽世界的梦幻

鸟鸣如春草般不息

早晨的细雾
变慢了整个白天

桃树率先萌出新芽
晕染出初春，毛茸茸的轰响

村里的骡马和牛
从土坡上奔下
额头上的福字，有新墨的香
空气里混杂些
反刍过的青草味道

大马勺舀出小米南瓜面条，牲口也吃菜饭了
长条几摆满红枣花馍祭品，祖先要保佑晚辈

鞭炮骤然响起，人间再无新恨

人世一场大梦，梦中几度白头

框中人多了一个牌位
旧家居增添几许新灰

我们在山脚下停留
鸟鸣如春草般不息

红肿眼睛

夏天行驶在一条路的深部
一辆辆汽车穿过

史迪威将军的日记
缅甸丛林，密支那
天空如孩子
不厌其烦地撕开鞋子的魔术贴

在排队等待的人群中
用手机读一本书

洒水车的转向灯闪烁
那是历史红肿的眼睛

惠远城林则徐戍所

伊犁将军府游人攒动
林则徐戍所偏安一角

青冈树坚硬，直插云霄
据人言，为林则徐手植

灰蒙蒙的天空表明在野的地位
安静的房屋坐定在迁谪的边地

树中鸟鸣廓然清远亦有警醒之声
墙上复原的笔墨仍不失雄劲之状

独库公路

一条道路像一条翻转百结的凝思
出发了呵，八月的马匹，九月的骆驼
十月的虫鸣

独山子，干净的街道，无声的压抑
空荡的内心，悲伤的个人词典

泥火山不再喷发炙热的岩浆
大峡谷独自流淌混响的河流

天空徒留鹰隼的翅膀
孤独的荒草留下几头疲惫的骆驼

喑哑的发动机抵抗一群绵羊的叫喊
哈萨克族青年的皮鞭抽打正午短暂的时光

小女儿在车中唤醒我们的幼年之事
乔尔玛的河流幽奇而独深

白色的纪念碑在熙攘的人群中寂静
几棵苜蓿在微风里摇曳初秋的慈悲

不忍想起环山公路里的还是孩子的年纪
不忍想起高山冷水湖中彻骨的凉意

太阳倾颓的天空，想起了许多话
骆驼刺扎伤疲惫的黄昏，我们在悬崖边兜售蜂蜜蜡块
的香气里对视

桃花

一夜之间，桃花就开满了枝头

它是为山谷献上的花环

我们风里学走路，吃点心

喝萝卜酸菜汤，卷土豆馅的春饼吃

当阳光穿过桃花

把所有东西都覆盖上一层安宁的薄纱

开始烧土窑，红薯在温室的沙土上发芽

烟尘如随心所欲的画家，在天空表达

灰兔子，它猛地回头

从荆丛里窜远的神态，在青砖瓦的房屋后面

光秃秃的黄土高原上，像一个冒失的

春天的宣谕使，我们从那时，在山里下简易的兽套

捕捉野兔或獾，獾的脂肪是治疗烧伤良药

兔子肉质柴，腥味十足，当我们累了

几个人停下，尝试从一窝冰凉的山泉里

抱一口水喝的时候

我总是想起点什么，想在纸张上

画出蝌蚪刚刚冒出的尾翼，它在溪水

年幼而苍老的胸腔上

练习游泳

绿色卫衣

不让出门，我在愤怒中夺门而走
夜色被宿醉加深，一觉醒来
身在何地

槐树的叶子细碎地充沛了初冬的雨滴
天空灰色的纹理，像你的一件旧时衣服

不再理我的你，有一双红肿眼睛
儿子的水盆还在相应的位置，女儿在
朗声读书

到阳台呼一口空气，突然发现
你的手在青石洗衣板上搓洗
我的绿色卫衣

青萝卜之冬

冬日，从闲言碎语中得知，一个人的名字

已被画掉了，无从知晓眼泪，泉眼已在腊月凝固

枣红色的书柜敞开，白色发黄封面的《反杜林论》

散佚一旁，淡蓝色的《家春秋》上灰尘已沦为火漆

铁丝串起的全年《汾水》，亦多年无人翻阅

洗掉泥土后露出凝脂质地的萝卜，放置于柳木砧板

炭块的蓝色火焰，散在空气中的零碎火星

与铝青大马勺在水缸里的幽兰，形成一种片刻的对仗

母亲织好的马海毛衣，与玉米棒芯

引燃一次乡野的冬日郊游

镀铜方形座钟，秒针嘀嗒嘀嗒，呈圆形的路线行走

豆油滚沸，小三角形的土豆，豆腐萝卜丸子

鸡蛋与淀粉、煮过后捣烂成泥的红薯，入锅

寻找它们春节前的形状

甘草有明亮之黄，甘腻之甜，代赭石以坏葡萄之结

侧柏叶有松柏挺立之影，乌梢蛇盘以司南之形

安卧于长条状药箱内

铸铁的扣环黑色沉郁，父亲的眉心起伏迤逦

腰板配合手形，全身心贯彻于羊毫笔尖

鲁迅诗："风生白下千林暗，雾塞苍天百卉殚"

劣质的旧墨有淡淡臭味，旧时报纸画满了欧楷

放在暖炕旁的火箸的冰凉，是治疗婴孩红屁股的良方

我们去煤矿的洗澡池里，黑胶鞋与采矿帽灯在储衣柜下

碧色的水波泛着蓝色的荧光

用豆秸与碎的确良布块点燃炉火

小火熬煮贴对联的糨糊

父亲不知何时不再打骂我了

白发恰在那时翻上了他的双鬓

祖父母不觉已去世多年

祖父的清晨被露水沾湿的裤管像在昨日

祖母给我们剥红薯皮缓慢的样子还在眼前

春天的松柏

巡游的警车在年三十下午告诉家里
和我们的邻居，不能在春天早上燃放年火

是虚拟的叫年的野兽，把我们联系起来
做同一件事情，是确定血脉的节日
是厚到我们仍看不清其深度的壤土

很久之前，祖父还活着，有灵活的腰身
质朴的安静，安卧在手中的厚茧，层次分明的
亲属观念

农历新年之前，他总要裹紧自己的绑腿
磨亮斧头的光芒，盘好粗壮的麻绳
郑重其事地呼喊堂哥与我，他仅有的两个孙儿

去砍伐松树与柏树的枝丫，于积雪未消的山间

黄土高坡之中，松茸散发芬芳

明晃晃的积雪在阳光下，如南极深海之中
被鲸吞的银鱼

砍回的松枝垒成一个类圆形的布丁形状
柏树插入圆形中心，像将上盔甲的帽缨
底部塞入豆荚、废弃的旧对联，作为引火之物
喧腾的火焰燃烧松枝与松脂，噼啪作响
映红未明的春节早晨

悚人的年兽早已不知去向
鞭炮响声无休无止，似西北风肆虐山中群松
惊起一波又一波的浪涛

我们携竹篮拿着献祭的面花
去宗祠的香火龛里点燃虔诚的香火
在来与去的路上，都是熟人，
彼此微笑，道着过年好

那时没有天空清洁的概念，天空依然
很蓝，似乎是青瓦砖墙，还是那乡民
如箍一样的肋骨，吸纳袅袅不尽的烟尘

岁末之诗

天光泛明，一丝光线从窗帘的缝隙挤进来

看完岛原起义简史，腊八节图片冲进眼睛

年关又近，种种不确定搞得心绪依旧难安

小儿走下榻榻米的脚步碎细而坚定

顶着一头油发走到客厅，大小的行李箱已被

码放在墙角，蒸箱里白色鸡蛋的热气

像儿时工厂小澡堂的灼热白雾，昨天

在滨河东路，祝贺了春老师获得赵树理文学奖

一整晚，读克里希那穆提，对于解决生活的窘境

并无助力。研究去做什么，没有朗明的头绪

拖家带口出发，在规划路线的市内部分，红灯时间

的零档，造成的溜车，碰到了一辆崭新的沃尔沃轿车之上

冷静阅读我的情绪，让孩子不要吵闹，并无明显的擦痕

我们又重新上路

宽阔的道路上升的曲线有歌曲辽远的轮廓

昏白天空，一众云朵的涟漪，又重新整理我

光秃秃的树影允许想起枯山水，一些旧心事

交错的车辆不多，好在仍在恢复，想到一首诗扩展了白天

因此行驶中的车辆也有了静止之美

平遥、临汾、侯马、河津……

心里熟悉的地名，因一座座山丘和芦花，而获得了实证

再往近处，在河津铝厂冒出的浓烟中，机油告罄

又一次停顿，寻找加油站，寻找修理厂

孩子们为争夺一瓶酸奶的吸管而哭闹

窗外一群绵羊在矮草的深处低头啃食

又一次上路了，因熟悉的道路和铭牌，水果加工厂

沟壑、长塔、悬崖、化工厂，妻子用雀跃的语调

拼凑给我　她的记忆，在一种深深的领会里

街道再一次热闹起来，一座灰色的建筑失掉了

墙上一个大字，这是一所中学，她曾在这里短暂复读

老母亲那时还年轻，每周末都在楼下呼唤她的名字

编织袋里装满苹果及晋南特制的面食

这一年就要在这无惊奇的回味中结束了，生活中的

荒诞，一辈子就算是刻意，也是写不完的

夜宿哈密

是松散的浮冰抖动疾驰而过的车身，不受控制的
恐慌，沿无人的戈壁，吐着芯子，吞咽风中枯黄的芨芨

路边白杨似有卜骨形状，暗自祷告，用玄学的神秘
缓解心跳的焦虑。哈密王陵墓的群阵，在绿色指示牌上
化为白色箭头指引

冬日人群，围在略微损毁，半透明桌子旁
在烤肉架排风扇一串串浓烟的环抱里
谈论工程、未收账款、明年光景、东疆不曾刻骨的冷天气

从未刮干净的胡须下，皲干的嘴巴里发出大笑，暗自的
抽泣又来自看不见的方位，各地的方言在风中飞腾

拉条子坚硬，考验内地汉子的肠胃
彼此赞美烤包子的焦黄

羊肉的香气，皮牙子和孜然的完美

昆仑雪菊蓓蕾深红，马肠有密林深处桦树的气息

骆驼肉紧实，像冬季盘山公路的沉寂

甜瓜呢，甜蜜之中蹒跚的，是黑钙的冻土

腐朽的松针、巴里坤湖的毡房旁，柔然人的眼睛

哈萨克人的马匹

而寒冷的黑夜，用暖水瓶与僵冻的脚趾和解

用双语新闻再次回到自己、回到哈密中心市场

一家不知名旅馆陈旧的木床，蓝色与白色的床单之间

晨记

在荒地的空旷处一抹曦光背后
未成年的榆枝与僵死的刺莓藤蔓形成阴影

废弃的荷塘与无边的平地因平展获得了
更多的阳光

晨起的老头手推三角平车，是他晨课的一种
如古印度瑜伽士晨间的冥想

获得了早饭的几种，红色米汤浓酽
粉条萝卜酱味充足，红薯软糯有栗味淡香
吃早饭不为别的事情，一整天没有详细的安排

站窗前仿佛为了凝视一棵白杨树上的疮疖一样的眼睛
一群麻雀飞起，又落下，电线因轻微的重量而变形

远处的黄河已听不见咆哮的巨响

风声在树篱与蓬草间驻留

曲形坡道陈留在上下田地之间如苦行

破晓之雨中接杨少衡

模糊的几粒星星仍旧在灰色天幕酣睡
行人踩踏雨中，人间已经醒了
混沌之中给素昧平生的老先生去了短信
眨眼之间，卫星已经传递来福州的消息

我在灰色的地下通道去往超市，远行的人
需要一份热量，陌生的太空中，穿行的
两颗相似的星球

因在时代的深处，这个名词已变得
暧昧、边缘、远古
但仍需要唤醒，刺痛，用文字的形式
判处心灵黥刑

买一把雨伞，一桶苦荞，一杯咖啡
我有一柄过时的伞，灰色的长柄雨伞无法折叠

有时肉身无可去处，就在雨中台阶看树

在等司机小哥的片刻，翻阅杨老师的词条

看行人，看雨中的花朵疲惫，廊柱下结网的蜘蛛

欲行何处？

都已准备妥当了，只等司机小哥电话的"聒噪"

踮脚在雨中跳来跳去

每人一瓶水，惯于从自身跳出来

聊时事，聊电影和文学，汽车驶往他熟悉的风向

在 T2 航站楼 4 门口，汽车在雨中擦亮双闪

我还未下车去拿他的双肩包，杨少衡老先生

已进了后座

我们一路上交换彼此对于两地的零星认识

直到汽车停住

像古代的舟楫停泊于码头

走路，走路去面馆

天阴，喝一些酒
在下班后赶着回家的人群中
像混迹于青岩里的砂岩

他们都太疲倦了
灰尘像轻骑兵，西北风像
神勇的第五纵队

我们走路去面馆
反复吟诵一首短诗

电动车发出低沉的哨音
像少年嘴对海螺

在我们耳边，呼唤天空

雪的眼睛

从这里的窗口看到的雪景
去年，更远的
一些年

天光划分了虚无
苔藻爬在鲶鱼的背上

城市的背景板在我身后
站立如苍茫一片野原

雪融化时，该歌咏什么
人们在马路上睁着眼睛打盹

雪，到它可以到达的地方
造景

未惜头颅新故国

——纪念赵一曼烈士

去往祭台的火车上，她在给她的儿子写信
用没有指甲的手指

一个地主乡绅的女儿
一个海外归来的女性知识分子
是怎样的身份，让她失去了自己的指甲
那是被人一下下拔掉的指甲

他们还要夺走她的生命
从她自己国家的土地上

"乌鸦"高兴地围绕在昏迷的女性身边
子弹旋转在她的伤口里，那是羸弱的母亲留给
她的伤口，是恶鬼一样的敌人留给她的伤口

腿骨碎了
手腕也被击穿

他们在给她修建坟墓，也给她所有的同胞修建
用我们的骨头，用长城的古砖，用白山黑水间的
一抔热土
这些疯狂的男人啊

他们像群鬣狗一样撕扯着重伤的女性
皮鞭的杆伸入枪伤里，去搅拌碎裂的骨头
将盐撒在遍体的伤口上

他们总想在别人的土地上
用他们的獠牙、刀和血修建
变异的快乐

为了把这群"野狼"赶走
在雪原里，她用碗和战士们一起吃野菜粥

后来她被子弹夺去了意识，成了"乌鸦"与"群狼"的猎物

电椅将她身体严重碳化

在用来招供的纸上，她写下：
"未惜头颅新故国，甘将热血沃中华。
白山黑水除敌寇，笑看旌旗红似花。"

执行死刑的火车出发了
她给她的儿子写信：
"宁儿，母亲因为坚决地做了反满抗日的斗争
今天已经到了牺牲的前夕了……在你长大成人之后
希望不要忘记你的母亲是为国而牺牲的！"

她用她失去指甲的手指写信
哈尔滨留下了她的指甲
珠河县小北门外的土地
则最早听到她倒在地上的声音

连同她身上迸溅出的血
带铁一样的铿锵之音

第二辑

听雨

听雨

在等待早餐送达的时间里
听风在雨中旅行的声音
看阿米亥的诗，永在进行的沉默
剪刀，犁铧
雨水刻画了初秋早晨，刻画了一张
黑色雨披之下年轻的父亲的脸
像是轻轻掠起了帷幕的一角，看到了生活的巫衣
像遥远林地里的冻土，我们使劲跺上了几脚孩子气
在此时听雨，亦想起晋东南狰狞的北风
在翻垄连日的秋雨，年轻的父亲在雨里
手拿铁锹的形象，也像此时的年轻父亲
额前流满了雨水，他背后，微弱的光骑着静穆的
瘦弱的马，一直在反复抵达，我胸口的悸动
让我想起停电后的雨夜
父亲长着茧子的手，手握唐诗让我背诵
雨水淌过屋檐，荆条温习凉意，烛火不住跳动

黄昏，在戈壁

每一步都像走到了世界的尽头
是连霍高速的一段"盲肠"，是仍未完成的路途

儿子和女儿还没有出生
对于未来，我们脑袋里装满了狂热的引信

到柳园了，加油站还未启用
我们在砾石遍地的硬路肩
喝热水，吃还未变硬的馕饼

我们下高速去寻找油站，想起你油成一绺绺的
刘海，那是我们尝试擦涂未知世界的年轻
和质朴的勇敢

时至今日，我还记得那黄昏
戈壁的高速公路上，在车里，你播放的

每一首音乐，你敲打方向盘时的神态
我们像是去拆一个礼盒。盒子底部的拉菲草
是风中颤抖的枯草，是成群的黄羊中
偶尔跳出来的兔子

是你一口气，驱车九百公里，直到黄昏
在你的车轮下边碾碎，直到在星星峡

看到地上堆满沾满废弃机油的轮胎
看到拙劣的工艺下，堆满石块的低矮的房屋
挤满临时休息区的高大的
五颜六色的卡车

在简陋的宾馆里，你往脸盆里
倒满热水，停下洗脸的手
你睁大周边遍布泡沫的眼睛，郑重地对我说：
"过了星星峡，明天，我们就到新疆了！"

她想起这个世界

她想起这个世界，她把自己

当作偶尔侧身于，这个黑暗冷夜中的

一个影子，黑夜如此庞大，在充满冰冷的秩序中

她在里面行走、探索、碰头

不竭地打开自己，用温柔倾听他

尝试扣动他，换来奇特的回应

在一种隐约的对抗中，慢慢地变化

又在这种绝望之中，成为一种缓慢的

类似于酷刑的东西，预感到了她与他

结局之后，突然想要跳出来，想起儿时

她在餐厅的橱窗跟前，那种不切实际的幻想

像一只眼睛停留在万花筒中，窥到了

花花世界的五彩斑斓。她涌上一种难以言说的情绪

她沉默地低下了头，从万千思绪里抽出了一缕

情感狂热到像个发疯的石像，下面是血肉模糊的自己

在心里暗暗宽慰她自己，自己是一头狮子

到另外一头狮子死后，在纪念沟口健二的纪录片中
她用含泪的眼睛，极力躲闪的神色，掩饰：
"我和沟口健二不是男女朋友的关系"
她在临死之前，已经完全失明之后
她的内心的骗子仍旧对着小林正树导演说：
"虽然眼睛看不见了，但还有电影可拍吧？"

甲壳虫

我认识孩子明亮的笑声，在春天碎小海棠的中间
借此冶炼复杂艰难的单动作，昨晚
看西塞罗，也看叔本华，看一个老头突然跌落舷梯
看惊人速度拍好的香港电影，看草原上的纪录片
看遗忘，遗忘有镜子的明亮、空旷，像我们走过的店门口
长椅上，换走的牛仔裤棉布纤维的年轻，像我们的遗忘
是遗忘的生存术，让孩子哭完的脸上
挂满眼泪开始大笑，当我看到一个被愤怒操控后的水牛
一次次冲向黑暗的中心，我不认识任何人，新的旧的
我认识冬青、灌木、杏树、海棠、车前草，我认识黎明的
一道光，它像现在一样，在密集的巷道里
做湾鳄的死亡翻滚，这是春天的深部最明亮的轴
仿古的建筑及刷好明亮红漆的斗拱，传递出野史里详细的
正史里寥寥数笔的血腥。在几个烟鬼中间，寻找烟雾
中的词语，寻找一个人经常说话，像是不经意间翻了
　一个跟头

达成了虚无与现实的和解。我们不总是这样，在这种轮
　　回中间

退后，前进让旧血在春天的茶水里冲淡，龙井有豆香，
　　红彤彤的

太阳，像是新的。你送的黄色玫瑰有甲虫亮绿的懊悔，
　　而另外一个人

在练习生存的杂技

沉默

整个下午，一言不发
我们要回家的路，漆黑的管道

我们说笑，拍打对方
有时候沉默，沉默走着
我们都数着各自的数字

骑电单车回来的夜晚

想起了一个比喻，心里"咯噔"一下
害怕，总是要想很多

夕阳在高耸的黑夜的产床上，黑下来也好
等待的焦虑更让人害怕

电动车的绿色电量标识不怎么靠谱，它偶尔
会突然罢工，我推它走，祈祷有种力量
突然像个伞兵降落

有时滑行，两只脚像大海中的舟楫
失去电量的单车不至于失去平衡

有时会平静地走，想起大脑送进来的东西
方便面的卷曲形状，面包的反式脂肪酸
影子，长长的像是一种共谋的沉默的影子

写作，接近谎言的写作有种疼痛从灵魂的深处传来

想起一只披满藤壶的鲸鱼的背上，那靠近真相的背
像是黑格尔发疯般的语言，从不打理头发的黑格尔
是一个"疯子"

马路上，人们被真正的生活驱赶到路上
发出五颜六色灯盏的夜生活
让古老的人们活着，焕发着生机
而不是指令，不是机关枪或者更凶猛的老虎

在行走之中，腹稿心情，一种写作暴雨
落叶和风一起对我说：走吧

我在那时扭亮整条马路的灯光
夜晚像是被人类的伤口感染

萧红

活着的历程，像火车穿越过她的身体
她将渴望转头咬碎

松花江决堤，1932 年的东北
给苦厄的哈尔滨予水刑
用一只小舟，他带她进入举债的生活

她在水刑中，用沦陷的汉语
构思《生死场》

"奴隶丛书"里用血与泪，催化的
孩子

内心所有的痛苦，被投入到小说的焚化炉
当火焰熄灭，日常现实片段
变成了刻有她名字的硬铁：

刺刀与马鞭下的呼兰河的传记

密密麻麻有如墓地的词根的弦，还在响
像她被误诊的喉瘤，喉管的风箱还在翕动

用笔写下遗言
遗言的行李，一部分被寄往远方
像游历在太空的星辰

一部分落叶归根，回到精神母亲的故乡

蓝色出租车

蓝色被随意赋形，变幻为一种
大众情绪抚慰器

行驶，像从前，野兔跳出巢穴
在玉米地，运送植物根系的水泥

时而切切鸣笛，取代火车
穿越我记忆的枕木

而今，野兔形象作为桩基
浇灌于设计师的大脑
一跃而上，成为外卖员头顶的符号

蓝色随之分解，随合金铁门而衰老
在每一个清晨

并非可以带你到任何地方
卷曲头发般的森林，漫游星辰般的
遍布石头的小径

那里没有人，信函无法投递
有野蛮生长的一切
碎石，丰腴之泥，矢车菊、微风之柳
沾满早晨的马齿苋

仍有一个车技不精的司机，他被另外一个人
蓝色出租车的诗人，带到了迷宫入口

只有步行、深呼吸、刹那闭眼
方可找到，雀鸟和一片被造化安排到的
路中硬土

敦煌一夜

乌鲁木齐大雪，地窝堡机场关闭
飞机无法降落，在乌鲁木齐上空又折返
以每小时七百多公里的速度
飞往敦煌机场

乱哄哄的午夜乘客，代表
有形的俗世生活，餐盒中食物延宕久放
味道，像无形的时而轻如羽翼
时而重若绞盘的精神世界

机翼在一万里的高空里轻微抖动
到达敦煌，挤在飞机里，热气腾腾
每个人都像虚构世界里柔软的
水中植物

敦煌机场只有跑道做了硬化

其他部分是裸地，很像养鸵鸟的地方
在机场的简陋书店，买全彩的敦煌
著作，刚才还在空地上的人
转眼就被睡眠驱散了

我们被大巴枯燥的灯光接走
对着纸面上的莫高窟石像，用昏黄
时而跳进来的街市灯光，写诗一首
——《内心之敌》

像是用小刀割完了羊皮上最后一块油脂
像是在冬天的湖面听到冰面碎裂的声音

儿子

你在青石上清洗儿童网球
手摇铃静止在两只粉色拖鞋旁边
它们像我抽屉里的过时之诗

已熟悉了人间的响动
开始探寻更多未知

自来水的凉意，蒲公英花瓣上钟状苞头
更大熊孩子野蛮的拒绝，看我在写诗时
摁下神奇的删除键

红薯苗上，长满欢乐根茎
洗衣机中的马达转动，永不知疲倦
随意用听不懂的语言来，和我的茫然
达成和解

你只有小小的目的，哭声不会带着

锯齿来回折磨你

你身边就几个熟人，你不懂熟悉的称谓

里更深的关系

带你散步回来，你将所有的成就

塞入到长柄网兜的，一堆半腐败落叶之间

凌晨，过火焰山

天空早就熄灭了眼睛，黧黑的大瓮
漏水，浇在东疆的头顶

浑身都被唤醒，两边的天山只剩下
更黑的轮廓，像战栗的、暴躁的熊
忘记了长途奔赴的疲倦，忘记了
消耗殆尽的午间食物，忘记了
未收账款，双手像应急螺栓
牢牢打在方向盘上

雨刷器迅速带走了敲打上来的雨滴
远光灯能霸占的疆域，是脆弱的、
垂直的，被雨略微弯曲的，两束光线

一只牦牛

记得
一只牦牛，毛发很长，白色
像是被无数次洗涤过

它站在公路旁边，刹那间让我
像是独自一个人

从巴音郭楞到林则徐寓所

从巴音郭楞行驶三小时到达

霍城县后，已是北京时间晚上

八点多，天末黑，夕阳把

整座小城涂抹得一片金黄

美丽的维吾尔族少女

骑着的嘉陵牌摩托车，在风里疾驰

第二天去了霍尔果斯口岸，办理手续的

队伍在大厅外摆起了长队，足有

几千人。办理完毕经历两个多小时

口岸的免税店商场有好几个

多是香烟、红酒、皮草、糖果类

专供哈萨克斯坦商家提货的商场跟前

堆满了哈萨克"倒爷"，多为时髦的

异国男女，娃娃在门口吹着肥皂泡

保安大爷送给她一个气球

娃娃说谢谢谢谢，大爷笑颜如花

回头又行六十公里，到惠远古城的

伊犁将军府旧址，有各种历史文物的

复制品，刀剑、水壶、链子锁等

还有林则徐在伊犁的住所，他的旧物品

已经不多，中间的楹联就是他的

那两句名言：苟利国家生死以，岂因祸福趋避之

虚幻午后

介于深绿与浅灰之间的，是隔离岛与其内的
常青灌木，是保安的大檐帽

他正用枯燥的动作，指挥我们将车
驶入维修保养区

午后，车辆也沉睡起来
乌鲁木齐封存了五分之一的
工业化的躁动

身材纤瘦的工装男拿走了我们的钥匙
宽阔的格子间一样的办公区域展现在面前
电话销售保险的女孩子用规范化的热情
拨打电话，往前一点
有沙发与桌椅构成的休闲岛屿

从伊犁州到乌鲁木齐的路上

高速公路上的雪已基本融化完毕

两侧的田地里仍是一片无穷的雪野

白茫茫的雪的碎屑仿佛充斥着远处的天地之间

原野里，冬季雪后

一只只满身泥污的羊在雪地里

啃噬已经枯萎的草丛

细语，年纪偏大的女服务员问

喝茶还是咖啡，宁静中，手机按键的声响

是巨大的，正在形成的旋涡

我们都被吸走了

夜空

很久没有走太远的路了，蹬着自行车
听见自己的心跳，像一匹马车在天空狂奔

与自行车链条一起发出咯吱声的，是我同样
生锈的膝盖

穿过一条条巷道，想到人间，疲倦
忽然得到了缓解

记不清夜空中那些星星的名字了，偶尔抬头，路灯
都比它们要更耀眼
它们那么遥远、清冷，像一个个巨人的亡灵
又像古代战争中抛石机投掷出带火的石球
靛蓝、深紫、黝黑，幻换无穷神色的夜空
像一面通灵的镜子，将人变得空白，我只想起童年记
　忆里的河流

只想起，我大段大段说给你听的诗
和其中蔚蓝色的呼吸

十二月一日的日记

最早把十二月从去年搬回的人

困在凌晨的发条里

发条听见金属疲倦的声音

跋涉在一种虚无的暗语

街灯明亮，一个晚归的人

恰巧碰到早餐店男人做包子的手艺

简单的褶子快速在他的手中形成

像失去光照的山丘拥抱积雪

另一些人在酣睡中骑上了飞毯

化学清洁剂酯类散发出草莓般的甜腻

大脑失明的人，听大海拍打堤岸的回声

他从一个高音处翻越到另一处

根据太阳在地球方位的变化

我们把时间放到了一个个狭小的房间

整日读书、饮酒、开车、锻造、繁衍

这是形成光与热的恒星内部

如坚硬致密的岩浆

也是让日期如此明朗，不致腐败的源泉

一束灯光在黑暗中跃起

在睡眠的深处，在一场荒诞梦的中间
一束灯光在黑暗中跃起

一片如同棘突一样的露出水面的岛屿
裸露，像被暴雨冲刷过后的阳台

在书页之间发现一颗盐粒
有缓慢的热量，让一张弓像我一样

横插在一个古代的战场
近乎绷断的弧形保持紧张

荒凉的丘陵中心远望过去
山脊如迷阵一般陈列在云中

叫不上名字的深林

在河右侧，每一丛落叶都带有
鱼的呼吸，漩涡的气息

蚊虫在念诵逝去的天气
混沌在被瓦解，旧衣服滴水

百叶窗里隐约透进的路灯
像一个攀登者，在休憩

在停顿，等候，捕捞
睡意，抑或昨日的一场贪心

穿过一段废弃铁轨

小蓟对于人们无用，灯芯草头疼一整天
叶状地衣名字软弱，像楔形文字
刻在铁轨旁，铁轨不再为没有一辆火车经过
而悲哀

看《绿色王国》，揪心的故事抓紧了我的手
绿色湖水和丛林巨蚺，不可能比缠绕在他
身体里的擦痕更灵敏、巨大，他让我

不再去写肉眼中的乡村
摩天大楼的城市，出发去的
一次旅行，酒后的故事，喋喋不休
惨烈的现场，凌乱的人与物，在身边飞驰过去的
汽车和天上的飞机、禽类

只为留下的痕迹干杯，为看不到的

淤积，清理
庞大的死尸，重新挖掘，一次次
在折磨中冷静下来

一次次穿过废弃的铁轨，像幼年晃动梨树
对树下等待果实的毛驴一样

对一丛植物微笑，它接纳了一个陌生人的
包袱

大雪日

一场大雪，完全可以颠覆一座城的喧嚣
傍晚的明亮比往日更适合安顿一颗心

看书到睡去，然后在凌晨五六点醒来
看冯梦龙的"三言"的因果，蕴藏的善良
阅读本雅明光芒的碎屑，压在心底的阵痛

远处的葡萄园，起伏的土丘如墓园
黑黝黝的藤条，于潮湿冰冷的僵土里
积蓄果实的糖分

雪落无声，把整座城推向农历节气的大雪
我在黑夜里看到了馕饼店前的火光
有小麦粉被烘焙过的植物香
有新鲜的薄雪气味，想起了岩画
岩壁上古人们用原始颜料涂抹的

红柳与马的意象，像是象形文字
在亚克力招牌上，在街上，在风中巨大的
风机扇叶上，晃动储光的棒束

而两百公里之外的哈萨克斯坦
他们该如何面对每一份时间的变化
用我们怎样陌生的编码去命名

记一次做饭

她在厨房做饭，放一些歌
像坦克车群体，在深夜过境

容忍她
因食物是了解一个母亲的第一途径

荸荠多有硬节，内部软糯
猪肉温和没有别的气味
牛肉微腥，有致密的红肌纤维

想起生动的动物小说
想起垂死的生灵乞求的眼泪

想想动物也有人一样的灵魂
她的思维停顿，悲伤的枪械
卡了壳

我用鲸落安慰她

她在寻找，永远无法达成妥协的词

儿子哭了，他的醒来将我们的话题

拖向了

另外一个轨道

在疲倦时读了一页书

黄昏时分，在通往博尔塔拉的中巴车上
我遇到了彼得·梅尔

在显而易见的遗忘里
我记住了他在扉页的眼睛

关于自然风景，美食疗法
一条狗的理想及薰衣草蓝色的
普罗旺斯

但一切与一辆中巴车太远了
它有灰颜色的疲倦和车身
比预想中更差的路况和动力

我像放任海洋中溺水的游人一样
无法改造它

蜜蜂

蜜蜂，比死亡更值得她去爱

写养蜂人的女儿和她的罩袍

写蜂螫，写谜一样的多乳的蜂群

1952 年及更远时间

她用更年轻的笔，写下想象中的父亲

蜜蜂毛茸茸的触角，还原了一场

糖尿病并发症中，父亲被锯掉的腿

她不知道雄性的蜜蜂没有刺

她在想象中营造父权

她像被白天带走的

丰富失真的露水

和整个夜幕上的群星

萤火虫的夜晚

河边傍晚，不知愁的水声
结伴如豆般的光亮，星星点点
搅动整晚昏沉的暮色

用医用镊子拨高褪去的煤油灯芯
耳朵置换电石灯的矿块在水盒中的鸣叫

都是同样微小的光
它是移动的，沿风的轨迹
在新鲜玉米叶子上搭建光的圣殿
照耀玉米的抽穗
见证柔软、灰褐色的蜡角质

这种发出的光等同于自身体积

的微小生物

并不知道忍耐与单调

在独库公路的尽头

日光如桀骜不驯的马匹，在跳动
泥泞山脚下，黑色的雪暗自倾听
回暖土地的逐渐僵硬，两旁的冷杉
亘古的香味

到正午时分，我们翻越了群山
平原、丛林、河流的上端
乍暖还寒的春天

黄昏，在库车县苏巴什河一棵湖边胡杨前
捧起一把长满月光的碱砂

站立于独库公路的尽头，想象回去的路
盘山公路在昨日，一次次穿越过悬崖

是蜂蜡坚硬的质地，塑造了夹杂其间的碎松柏

是偶然看到惊恐的石头，布满铁凿冲出的凿痕

是一只在野花蓓蕾上啜饮晚霞的蜜蜂
在想念丘陵起伏、水草茂盛的故乡
和这同样甘洌深邃的湖水

空气中有雪的味道

融化的雪水从屋檐上滴落，我听那声音，
滴答滴答，它们给几片枯叶
生产一股小水路

一只小狗突然窜出，往坡上小学跑去
卖肉的屠户用喇叭反复播放：卖肉咧、卖肉咧

砖墙上石灰底、红色的大字：中广欧特斯空气能
成群结队的麻雀在枯枝上，叽叽喳喳，又飞起

阳光疏淡，我们十四个人，去拍全家福，小孩子有六人
几乎可以开幼儿园

早餐，馒头可以垒成一个小垛，简单的饭菜仍要
准备一个钟头

多年前清晨，马路上的疯女孩

不止一次，在用平底锅煎鱼时
想起多年前马路上唱歌的女孩

冬日清晨的冰凌结满了柳枝
像一种隐喻般的寒潮，上学的我们
蹑手蹑脚

晨曦如此薄弱，在遥远的云层
透出一抹易碎的曙色，更深的
是一种近乎海滩中心的蓝

那个披头散发的女孩旋转、跳跃、拍手
再过二十年我们来相会

她肮脏的衣服，灰垢下
还算清丽的脸，随行同学轻描淡写的

几句话勾勒出了，那不可撼动的
箍在可怜的女孩身上的，血迹斑斑的命运锁链

心里被揪着，暗忖偏执的爱情
像一把大火燃烧了冬季的森林

路过的汽车响起鸣笛
像悲伤失去了秩序
我们走着，一种沉重很快
被另一种东西替代

北方农历小年的琐细之忆

一场被驯化的雪恰到好处地
停止在腊月二十三的夜晚
人们酣睡的梦中

积雪在矮小冬青上，雪水在马路中间
四溅，行人清冷，被节日的仪轨推动

晴天阴天暴雨下雪，几十年下来，所有事和人
披上了神奇的色彩

枣山花馍，是她的擅长，面食有麦类的温和
蜜蜂的舞蹈，天然的不对称，化为浓稠的甜蜜
黑豆的坚硬，作为面鱼眼睛，有种冷静的莫名

火箸的圆头是研磨焙干茴香的利器
喃喃自语的祷告同样是节日的颂词

油锅沸腾，密集的泡沫从锅的底部涌起
像小说里的碎片，亨利·詹姆斯的长句

在肉泥中掺入淀粉、姜末，是北方丸子的做法
土豆切为不等的小块，在油中煎去水分

老屋漏水，我们重新回到了久未回去的老屋
门廊上对联已失去了红色，庭院蒿草幽深
屋顶上瓦松，鳞茎粗壮

重又在榆树上绑上红绳，香火的余烬完美碳化
心中不顺心的事情不再说给祖宗们听

或许他们同样受困于时间的疲劳，万物的沉重
待在宇宙的某处，不再飞行
任由枯草覆盖了眉心

无影灯

虚空的大街，报纸塞满了广告厅
和他的鼻子，塞满了陌生人和
更为陌生的心境

毫无阴影的灯和毫无阴影的人
一样，都是死的

在冰冷的床上，可折叠的细细的
白色手柄，切破窗外一小块天空

颜色，与往日没什么不同
冰凉的纱布放在瞳孔上

像一个人死后，被白色的长布
覆盖

痛感在隐忍的背后
悄悄走路

想找手掌轻轻拍下脊背
想找言语的拐杖承担部分体重
想给七月流火泼一盆凉水
想让另外一个人取代自己

蒸发血液的腐败是夏季的意志
公交迟来被认为是魔鬼的致礼

一个人挂号、排队、就诊
就被认为是衰老了

医生总是年轻
她用手术刀剪除了病灶，烤干
病人内心的潮湿

一个偶尔抽烟，总是大醉的人
手臂上蛇的瘢痕已不能容忍

皮肤再一次出血

用完了心里安慰的词汇，晚七点的路灯
开始屠杀一个异乡人。他只好用冗长的新闻
作为盾牌
开始用数字默念，来练习飞翔，然后从
一千倒回来，接着走

走到童年，煤球炉发出瓮声瓮气的声音
用那种老江湖的声调同你谈话：你这样做
注定是没有出路的，让人甚至看到了
生活的绞刑架，粗壮的麻绳
产生于南亚的印度，锡克族工人加入生油，绞动
使之有成年蚺蛇的直径

它在这时又说了：和整个世界的年龄相比，你永远
处在极幼年，你的衰老是幼稚的

听完它的话，想起白天无影灯光的绝望

男人渐渐睡去，他感到整个昨天像个大坝

他则被固定在了泄洪口

穿越甘肃的一天

低矮的房屋零落在山势上起伏
犹似潮湿桦木上绽放的
星星点点的木耳

褚红色的祁连山寸草不生
几只猪獾在松软的雪地上奔跑

翻越了高速栏杆的几个乡亲
用塑料袋装着红色苹果
在对疾驰而过的汽车做危险的兜售

她们泛着血丝的脸庞，连同
无数村庄、河流、山坡的名字：
中堡、水泉子、黑土沟、下安家河、麦积山……
又一次，荒凉渐染心间

狭长的甘肃，用星星峡扼守着新疆
一到星星峡，双旗镇刀客的气质又回来了

在低矮的旅社，在废弃机油污染的地面，在陌生人
之间的闲聊中，又一次想起友人所赠的蕨麻、三炮台
想起漫长的丝绸之路，所经过的名字，和它的风沙

买鱼

清晨，混沌未开
最接近人类早期社会的模样

鱼儿们，因氧气过多而亢奋地游着
它们仍记起浮游动物繁盛的早上
穿行在水藻之间

鱼铺上端的铁架上，电视机屏幕中
演员们正在表演朗诵节目

瘦弱的鱼老板围着一条宽大的
黑围裙，他熟稔地从游动的鱼中
网出一条来

肮脏而多血的砧板
不幸的鱼在激烈地摆动尾巴

男人用刀拍向了鱼头

鱼张大了嘴巴，它无法发声

没有一块骨头是它用来支配发出声音的

空眠传

近的是路灯杆，白色的，远处什么也看不到
大象一般的群山淹没在黑暗里

只有变电站电流嗡嗡的传输声变得巨大
天幕已没有群星奔赴

一切安静得就像莫泊桑小说里描述的
夜晚的悲伤一样，再也不能徒劳地

从莫测的河流里打捞什么了
它们正在焚毁宝藏

闭上眼睛，是一部电影以能剧开场
悚人的白色面具，坐在我梦的左侧

右侧是两只小狗在打闹，它们追逐着拾级而上

远方消息

春云姐给我发来诗集的照片，扉页的题签
有脆弱的直线

我要给她打折，她坚决说不：
诗是高贵的灵魂，不能折扣

远在重庆的果子姐，拍诗集照片给我
把世界上最好的褒美当成礼物送给我

谢谢她通过诗来了解我的故事
黄土高原上的一种生活：
给黄牛铡草，铁铧犁地，煤炭与泥的火光
…………

我尝试把一小段，光着脚板走在
石子和枯枝遍地的山路，记下来

诗集从封面到诗本身，有太多的遗憾
不知道说给谁听

原来是你们

好像重新被打开，一个尘封的
旧匣子，陈旧的金属因阳光获得了
新生机

还有远在浙江的允东，还把我的诗集
推荐给别的朋友。福建的大衡哥，长久没有
说过话的朋友

一直像定锚的岛屿等着我，还有十七岁的枝卿小朋友
让我怀念起，疯狂爱诗的初始

还有很多朋友，像对待诗一样对待我
虽然我深深知道我不配：
我一直在精神与生活上扭转……

但是我还在阅读、生活、写作

像一个小蜜蜂一样在酿造

不仅为了自己，还为了你们

我一直像喝了烈酒一样，周身拥有了火焰

早餐说明

一辆车从道路上行驶过去
远处，芦苇摇动着年老的头发

给孩子们做早餐也是一份心道的指南
马铃薯皮泛红，纤薄一层，在黑暗潮湿的
地下，它刚刚经历完所有成长，仍显有植物淀粉的年轻

紫皮大蒜外皮干枯，想起困窘的日子里，常常
把它们放到泥土的罐子里，那种簇发出新芽
嫩绿的等待

玉米面馒头是新做的，粗粝的粮食作为高油脂生活的反正
自有不适合味蕾的部分

粉条投入沸水中，用时间来改变坚硬属性
鸡蛋饼简单，液体的蛋在发烫的铛，形成自己

借用远古的经验，借用父母辈的身教，现代生活的熏染
是现在这份早餐的样子

重新

每天一小段时间回来，疲倦，前额的头发
不时垂下，抽一支纸烟，盯着我看，然后说话
用一种腔调，探明，你是我的父亲

在田埂，潮湿未干的秋天，豆荚成捆，听见扁担
压在肩膀上，重量与骨头产生的咯吱声

乱哄哄的人声之中，低着头，骨签顺着铁锤的方向
掘进，只是渗出小小的血，父亲在那里劳作，专注
有一种沉默，像是为了与周围的喧腾，达成一种平衡

有一回我哭了，在黑夜长长的巷道，腊月的寒风
塞满的学校后门遍地冰碴子的小巷

我好像找到了体内隐藏的某种残疾，它就像
阿克苏的杏树上冬天吊着的干瘪的杏干

父亲帮我拿着行李，我的球鞋，还未来得及
清洗的深蓝色的袜子

父亲的头发低垂着，路边挂满冰凌的柳枝沉重，看不
清他充满挫败的眼神，只是数他沉重的步伐

正午的鸣笛挑衅他额头爆裂的青筋，焖煮成熟的卤面
的香气从我们鼻腔下方鼻唇沟逃逸

想起他无数次手夹纸烟对我说教，只是数年之后
在点着女儿脑门时，我才想起他的心情，又一次
我仿佛又重新走进了他

抽掉鹅卵石的坚硬

在鸵鸟农场见到了它们如鹅卵石一样
抽掉坚硬的蛋

在雨天昏黄的汾河旁边，在燥热的地下旅馆
年轻的忧郁的你

"那朵玫瑰此刻是我的苦刑"[①]
熟悉的建筑物在微微颤抖，像你哭泣时候的肩膀

住了一年，每天清晨走下楼梯，正午的阳光
放大了你脸颊的绒毛

洋葱抽芽，萝卜丝开放
玉米面馒头安睡在蒸汽里

---

① 引自博尔赫斯诗句

时常惊叹，一扇坏了的门，一部警匪电影
也有惊人的爆发力，和它的韧性

"黄昏的云，多好啊，每个人都在其中寻找"
当你站在窗前，心中总是有一个声音
告诉我

晨间冥想

清晨，剥开鸡蛋，想起落叶离开枝丫
一整夜，狂妄地以为冥想可以挽回失眠

牛奶咖啡因热量形成薄膜
苦味是一种残缺的必要

玉米被切为数段，很像我喋喋不休的语言
去解释自己

去皮茄子条，散乱搭建在彼此身上
是通往卡夫卡理想写作房间
长长的迷宫般的通道

土豆泥仍是自身，它像从未预设过的歌哭

一柄不锈钢汤匙，因参与搭建一个光芒的早晨

而不再是铁

初冬

那年初冬，失眠的日子绵亘
像梦里的群山

在出租车上，在转回头，倒一杯水的途中
坐下来吃饭，在走路中间片刻的晃神

几个朋友之间，气息变形
凝滞的空气分割了彼此

听见紊乱的心跳，冷汗像麻雀一样在额头
跳个不停

站在窗前，鸟鸣接受了初冬寒冷的空气
阳光正在穿越玻璃，洗尽铅华

赞歌

阴天，从星象里退出来
大团迷雾在走近时消散

喉咙里的焦渴，大脑里的谜团
心里一直以为是一条蛇的藜草
在微风中嘲笑我的误判

好啊，可以继续走路了，返回到
精神的故地，那条界限的围栏里面

界限有时是一条发烫的完全变红的炙热的钢条
有时是人畜无害的扭曲的像是人偶尔画上去的
无法更改的白色的线

在马背上的人，骑着马，马的后背上
驮了谎言的开胃酒，它的体积比马还要大

在清晨冲刷一天的灰尘

清晨，工人在用塑料水管冲刷冬青上的灰尘
想象凉意，精神上的乌托邦，一次次在冬天的走失

闭上眼睛，想到黑漆漆的世界里，光芒微弱
平静接受，昨夜的酒精、今天的饥饿，带给胃部的焦灼

枣树叶子落了一半，杏树早就光秃秃
在落叶覆盖的小路，与冬青一起经受水的凉意
是低处在考验脚力，是毁誉在捶打决心

能看到饱满的清晨，闻到热牛奶溢出的味道
这些新鲜的自由、滚烫、热烈，不可替代

返回

在鼻塞时醒来，看历史剧，看陌生的挪威史
在镜子里看到额角的白发，上天熟稔的技巧

在哗啦作响被倾倒的大米之中，在稀里哗啦
被切碎的南瓜之中，返回到一个父亲的名词里

记得我的父亲肩扛沉重的福日彩电，压在缸砖路上
　一步一步
记得他挑动大团的麦秸，斗大的生活的汗珠

黄昏，回家的路上，月亮在这边，太阳在那边仍未隐去
大块的乌云如同浮冰在海上

狭长的路，巧克力块一样的路边餐馆，膜拜异乡的歌曲
我爱吃辣子鸡丁，爱分开一双筷子时的脆响

爱那个在停车时分，挤上中巴通道中间，我认识的儿时乡亲
他常常让我记得一阵波涛的返回，那水流经过岩石

击打起碎裂的浪花，我听得懂那种清越、凝重
像父亲唤我时候的嗓音

川妹子江湖菜的夜晚

出租车司机性格爽朗，他的话倾泻在
决堤的黑夜

无心交谈，用物理性的应答表明
我在听

在首义门广场，红灯阻滞了汽车的前行
纯阳宫门锁紧，无法窥探到铁铸的雄狮

转入一条小道后，满城的火焰消失在甬道的尽头
想起一首无意义的诗，堆满了副词的油腻和绝望

川妹子江湖菜招牌像黑暗中的萤火虫
婧桎说是在小红书上所斩获的市井小馆

一动不动的牛蛙在水箱里，让人联想到死亡

棍哥说，它还活着，睁着蟒蛇一样的眼睛

突然回忆老家庭院里种植的菜蔬
祖母如还活着，那尖椒能炒几盘面前的肥肠？

鸡胗的脆到底与《喜福会》有何联系
《接骨师之女》——单单是名字就已让我热泪盈眶了

三杯两盏烈酒，竹筏一样，驮着沉重的人
向河的那一头驶去，十月仍未结冰

整理柚子

夕光卡在两扇窗户之间，还是老样子
我从内科转到外科

第六肋骨、第七肋骨，莫名其妙地疼
在晚秋的风中，晋面香的地摊前，刘老师
召集我们为坚毅老师接风，我压着肋骨
不敢喝酒，坚毅老师说是，绝对不是心脏的毛病
放心大胆地喝，我的女儿在家看动画片，一个人

有了很多不祥的想法，肋骨下面恰好是心脏的位置
想一想，抛弃了这生活也好，只是女儿、儿子尚小
不忍割舍

在太航医院的内科二，医生问我咳嗽疼不，不疼
只是弯腰疼痛，失眠时，转身疼痛
医生问后背疼痛不，不疼

他眼神笃定说，这是外科问题，你去外科

用 X 光给我诊断为肋骨骨裂后，大刀阔斧，医生
给我开了昂贵的进口止疼药

可以写诗了，一大堆一大堆的文字垃圾
可以喝酒了，一大杯一大杯乙醇勾兑的强致癌物
可以给我的孩子们，安心撕开柚子了

徒手，大力，撕开芳香的外皮

一次聊天

想起一部武侠片的结尾，一个被凌空
钉在墙壁上的人，长枪的贯穿伤明显

在黑暗中描摹一种坏人的结局，口水四溅
夏天的深处，有秋天起风的声音

你的眼神像爆竹的引信，不说话
流水冲刷鹅卵石的宁静，整理你细部的表情

走很远的路，听你谈很远的事情
眼泛泪光，过去的人不会死掉，永远
带了尖锐的棱角，安抚你

心里的生活暗自拧断，短暂的小城中学老师历程
因袭沉重的铁链。两个人试图用耐心互斟
对方一杯苦酒

苦酒里有涩涩甜果的味道，青年时候的光芒
穿梭于钢筋水泥里学步的身姿

在波特小姐传记里认识的植物，让我指给你
路边的行道树、零星的花朵
成片的灌木的名字，如此张冠李戴

同意你眸子里不屈的决心，你的敌人
亦同意你平淡里的不改变

复刻你的锋芒

秋季的雨使踩扁的种子又一次发芽
脚下的土地，曾养活过诸多短暂的王朝

沿语言罅隙，返回到你年轻岁月的麦地
泛青麦芽的清香，穿过无数条街道

在想象的肋骨，不平整的裂纹
更接近心脏的跳动

明亮的你，如一柄刚被锻造好的枪
我用声音复刻那种锋芒

终于，我们不用为屋子里行驶过十月的阴雨
感到焦虑了，送你的玫瑰
站在窗台，一只马蜂在阴凉里回顾
槐树上巨大的蜂巢和甜蜜

雨在勾勒秋天的天气，悲伤的气氛
减弱了年少轻狂的肆意

泛着气泡的焦糖上
漂浮着众多溺亡的救生员

藏红花来自伊朗，三文鱼来自挪威拥挤的水笼
刀来自石头和火焰

迎接俗事，深谙其中的盘根错节
迎接雨中闪烁的街灯，它隐藏了多少
埋葬年轻的墓场

第三辑

一列街灯里孤独的一盏

在山腰

在山腰，风吞咽了乌鸦的语言
沉默中，荆条的香意羞涩，不易察觉

废弃的水库停止了思索
遍体鳞伤的藻类黯淡了秋色

边在想象中御风而行
边与你提到裹身而下的邓艾

披有满身青翠的高山
惹痛一条蜈蚣一生的甜蜜

傅山的墓在那头，一株沙棘在这头，以淡红
坚守做一座山的遗民

回想雨天，曲解一首诗所有的字句

人工的石梯背叛了山神的美意

想起肉身之外的锁链和闸门
谈到上山时刻的心境与疲倦

惹得树莓果子不见踪影，杏树
像参加完葬礼的神职人员

三三两两的人手扶铁链从山下走来
打探有关山顶的距离

中秋

月光挂在柿子树上的怀念，把我高高举起
我又能看清您的皱纹了

明显有些松弛，挽在脑后的发髻
头发相当一部分都白了，它们像月光一样
渗出发套

您的手皲裂，如干旱时候的大地
我记得您用它，推着石磨用扫帚归拢溢出的玉米
颠着小脚拿着面盆，用铁杵敲开核桃
给我们做土月饼

给擀开的面团上撒芝麻，撒红糖
甜腻得如同我在您怀抱里做梦

苹果、梨，还有葡萄，被摆上小桌子

点香，用榆木粉做成的香
被摆在条石的一端，每个房屋中间的主桌上
条桌的两侧

我的祖母，祈祷祖先能够吃到水果和月饼
那烦琐的仪式是刻在体内的文身

许景澄被杀记

1900 年，通往菜市口的黄土路上
沸腾的飞蛾将木制囚车中的男人
投在胸口，忧惧的阴影

并非忧惧死亡，死何足惧哉！
只是一张张菜色面颊上的眼睛
浑浊，且被上了一道道闸门

在帕米尔高原，寸步不让，用脚步丈量出
"帕米尔说"及"帕米尔图叙例"

联俄法以拒日，国事渐非，许景澄日记里
羊毫笔载："使俄至是事，八阅春秋，
公鬓发苍然白矣。时事日非，
一身将老，每一念之，凄然泣下。"

本可遁逃至东洋，肺腑中
藏满予国予民的债务，在死前
为防俄赖账，将俄国银行所存白银
四十万两取出，归于国库

当刽子手索贿，您竟无一两纹银予之
钝刀打在你的脊梁上，为了让你领受
原始的痛，野蛮的黑夜，折断了你数根脊柱
但你的气管仍在，你的呼吸仍在

百余年后，人们乘坐地铁呼啸而过
犹能掠起一股冷风，那是黄土之中
沁满碧血的坚硬和疼痛

在秋天的阳光下

我一只手握着车把，另外一只托着
你的脸颊

在秋天的阳光下，我抱着你
穿过大半个城市
孩子在父亲的眼里有一种永恒的天真

时而有炙热的痛感，如火刑
煎熬内心，你用笨拙的姿势缓解我

坐在地上，转身，你像一只小蚂蚁一样
翻下，矮小的台阶

用手探索，试图将啤酒瓶盖
放入牛奶瓶中

俯下身，细细地看蚂蚁的队伍
朝圣般，向一块潮湿的水渍走去

想起你给我的滚烫的称谓
把我立在无数父亲的中间

一次次地，我修正自己
用头顶的石头，用黄土地上给了我们眼泪
和生命的石头，用阳光底下，我的诗里存储的
亲人的记忆，你未曾谋面的
或我未曾谋面的

那些甚至古老的，父亲的形象

钝刀

想起一列脱轨的火车，也是我刚才的心情吧
雨很细密，像秋天沁在额头的汗珠

应该，首先应该，照顾好心里的尖刀吧
把它磨钝，像一根柔软的木头
热热的，煮沸的

奔跑着走了，为了不让她的父亲看她噙满眼泪的双眼
她更快地、加速地跑走了

我的女儿，因不肯照顾她的弟弟
被我批评，跑走了

短暂的嗔怒之后，想想那可能的巨大灾难
我在雨中寻找，我的女儿，寻找柔软的
煮沸的，钝刀

秋日记

在巴音布鲁克草原一块空地上躺下
想起砧板，想起无数只掏空我身体的甲虫
所背负的念头

在雨中做饭，一碗只配盐的羊汤滚烫
火焰，熏黑了一口铁锅的明亮

披着雨水的蜈蚣，顺毡房的铁管
与我的体温交换位置

不用轻轻摁下食指，在另外的眼光里
我也要被他们轻轻摁下

听见切萝卜的声音，那是一种带一点甜腻的苦味
接着，他们去切洋葱

我用一条旧毛巾，擦拭头发，那时，电视上还在播报零零碎碎的战争

好像是馕饼上碎裂的面渣

立冬前一日第一场雪

晌午为雨，薄暮时刻
冷空气造雪

整个夜晚在微笑
汽车灯光在呼吸
有一种羞涩的静谧

雪花卡在我的呼吸上头
用它的六角形
扳动我焦躁不安的一天

我的心跟雪花跑
它是黝黑巨大的铁水泵

有人在路灯下对着手掌吹气
像对久未见面的朋友搂抱

枣树上仍有一颗红色干瘪的住户

不肯搬离

儿子第一次见雪

火苗一样跳个不停

初冬记忆

地上落满山楂果，发酵的浓度，腐败的印象
被风的翅膀融化

走路的人不多，黑色的伞
擎住偶尔碎落的雨滴

无法写诗，不想做菜，潮湿的小雨
吸引我去看走路的行人，去揣测他们每个人
内心居住的隐秘骑士

夜里传来的消息，比薄荷桔梗香水好闻
但是没有看到它的抵达

地板还是比雨中的石岩更冷
一群节日过后，是平淡的庸常日子
闹铃命令起床，杂物诏谕清洁

冬季，用它的漫长、冷
提醒僵土上的庆祝

我们不再像远古人类那样在冬日
无所事事了

我们继承了他们的节日
丰富了他们的忧愁

蓖麻

一整夜并没有写出

一些完整的句子

像欧洲中世纪战士穿的链子锁

那样，严丝合缝，外表柔软，质地坚硬

执妄带走了我的睡眠

躺在被窝里用手机写诗

又让我像一株混迹于秋天

豆田里的蓖麻，一碟新鲜小吃里的

坚果，想起等待雨天的路边

载满客人的车辆驶离我的视线

那是一道最宽松的门，被卸下

而那些最细小的窄门，像雾一样

像睡梦中火车，像被风突然带走的

儿童气偶，像玉米的花粉，被不经意

带走的那些

莫泊桑：一列街灯里孤独的一盏

他用刀去除了马头

像电影《教父》里一样的

毛发刷了清漆，眼睛大而明亮

却因失去生命而眼睑低垂

他继续用刀剥开了马腹

把气管与肺放在木板的中央

随后有依然冒热气的心脏

略有病变的肝、脾，以及肠类

那些血管与青筋，琐碎、真实

因过往而失去了生命力，但还在

折磨着我们，外在的血淋淋的一切

内在的，它曾遭受的一切

精神上的缓慢的急遽的

我们用想象回报它裸露出来的部分

把一切都摆上案面的

正是那个事无巨细的大师

他没有告诉你，哪一块是心脏
他只是指明了跳动
他没有精确塞纳河的长度，他只是带着哀愁
说没有嫁妆的乡下姑娘，怎样乘上一条船
他没有在一排煤气灯里，着墨太多
他常去的香榭丽舍大道上
有一盏灯，鸟儿常在上停驻
他觉得异常孤独

他认为洞穿孤独的是丰裕的生活
因此他用一把铁锤把铁钉
钉入了潮湿的木头的里面
因此他用放浪形骸，把肉体交给了
漫长的死亡

那年，一人走过树林

起了大风，落叶在乌云上散步
光秃秃的林木发出抽风箱的响声

黑顶麻雀啄着硬土上的孤独
这是种简单的孤独
由没入土里三分之二的
枯萎狗尾巴草组成

它们一群，有时候几只
像极了雀斑，也像
电影画面里，冬天里的爱情

树林里的落叶厚厚一沓
让我想起多年以后，在长治淮海路
挤满公交的人群
喜欢人多时候的安全感，但又沮丧

找不到自己

用我单薄的球鞋踩着落叶，内心里
反刍着高尔基《童年》中的情节
两枚铜钱开始的故事，悲伤的
冬天的鸟雀

冬天的白杨树的树林
没有一个人经过，我单薄的球鞋
踩在落叶上，那是冬天的心脏
怦怦怦……，强劲地跳动着
大自然的心律，一定曾有
数不清的犬羊虎豹经过
它们亲密地向彼此摇着头

落日

全都隐藏起来了，昨日

群山的轮廓，微风中的细草

你抖动着怕冷的样子

在唱歌，庄稼徒然有种返青的惊喜

石巷的甬道像弓箭

因人们的脚步发生了变形

整个夜晚，风打着响指

我们想着以后日子该要怎么活

就又听到了噪人的火车声

从午夜的时间里的漫长帷幕

穿行而来，那么细微

让人想起那天搬回家的小奶猫

身上一直在跳的满身的虱子

还有它那眼神里跳跃的

不安的、心疼的、熄灭的

落日

伸筋草

光的词典在中药柜上打开
毛笔字写着植物的名字
伸筋草、独活、细辛、关木通……
柜子如鸽子笼，而毛笔字如清朝官员的补服

中药的名称与性状，各有的名字
由数千年前的医生修撰
譬如伸筋草，广生各地，喜在疏林下生长
主治风湿骨痹，消疮去肿

它被带着，一味草药最后的旅程
它身体的外部，皲裂干枯的外皮
它身体的内部，独特的中国味的草药香

它的炮制法，它的配伍
它在清风朗月下被饮下

它在细雨的早晨，在雪后的黄昏

被瘦削的接骨师用草纸包着

那双四十二码的大脚

踩着青砖的路，布满煤屑的路

铜质的药秤被轻轻提着

幼小的秤砣闪烁着永不长大的光芒

秋梨

马路上，一片红色的刹车灯
一直燃到天的尽头

晚秋的风收走了
黄昏最后一丝流云

在小区门口，一个衣着朴素的妈妈
守在两袋黄梨的旁边出神

这是焦躁易感的季节，秋梨的柄恶狠狠
刺疼着我的心

我们都是来自异乡的人，慌乱、紧张
不敢轻易兜售内心的冰凉和甜蜜

枯叶蝶

在车上，空气就像一块石头地图
语音播报路线，拐弯，三百米后

有点走神，想起莫泊桑小说的桥段
想起韩国电影《火车》
想起父亲多年前的早上
为我们做的小米汤里的揪片

是急刹车导致了你的惊叫
像一块石头击中了一群游弋的天鹅

经过多少年，时光清除了你的白色鞋子
你的绿色鞋子，这时间

大片飞舞的悬铃木叶子
犹如亚马逊雨林里惊人的枯叶蝶

雨中固执的人

雨中，那个男人在整理物品
早春如此潮湿，打湿每一个行路人回家的念头

扭动车把，车链条上的黑色机油
与污泥的混合物，在被铁青的
如古代的书籍一样沉睡的
天空上，降落的雨点暴击

他弯腰的姿势，加重了午后的沉滞

匆忙的汽车与人，与玻璃幕墙上流下的浊水
互相紧握了一下

他在雨中的晦暗中微笑了一把火
想要点燃这截如同朽坏的木桩一样的城

动车速写

高速动车在那刻出发了

这是最早来自于日本新干线的雏形

原来的火车是靠火车头来牵引行驶的

新的高铁则每个车厢都有电机组

每个车轮都有动力，这是时代的加速度

车厢里人不多，一部分是高收入人群

他们精致的面容，一尘不染的皮鞋

都可以看出平日里养尊处优的生活

另外一些人，从他们的眼睛中就可以

看到一丝愁容，被生活压榨的中低收入人群

虽然有的人看起来年龄并不大，但是从他后脑勺上

偶尔冒出的几根白发来看，他们多数

都有自己的和家庭的烦恼

高铁的广播开始播放，还有十分钟

就要到终点站了，请旅客们做好准备

这时兜售商品的人

出现了，销售的是牛肉干及化妆品

坐在前排靠窗户位置的是一位身材魁梧的脸形四方的

中年男人，他的肚子有常见的发福的迹象

脸色黧黑，目光中有着常见的朴实人

才有的目光。他像所有经历了生活与婚姻上

种种磨难之后，只剩下了些

不求甚解爱好，鲁莽的麻木

他在黑暗的巷子里看到了行走下去的光芒

他从火车上下来，随着熙攘的人群

往出口的方向走，震耳欲聋的是人们

拖着的行李箱下的轮子与火车站月台上

的地砖发出的摩擦声

冬至

冬至清晨，热水洗去萝卜须上的泥垢
小茴香在炕边灶火上被烘焙

猪肉摆放在案板上
石灰岩的磨刀石等待一把板刀的锋刃

一刀刀剁下去，将肉淹没在萝卜丝的苦味里
手揉压面粉，一丝一缕的圆融把呼吸放匀
祖母摁压水饺成形，或者用褶皱捏成麦穗的形象

从早上开始的劳作直到中午
简单的饭食，用近乎愚直的方式制作

这像是面对漫长冬天的
敬意与慈悲的礼仪

山顶的水库

春节之后，雪未完全褪尽的黄土高坡
一棵树木叩击另一棵

因为惧怕风
大小各异的山坡呈波浪的形状
因为无法响应闪电的愚昧
有的松树像草一样倒下

因为无法理解星象
一只飞鸟倒在了密林深处

一只树与一只飞鸟有何不同
一个人与另一个人有何不同

一片林木拯救了风暴
鸟的翅膀繁衍了天空

丛生的蘑菇是木头的渴望
葳蕤的野草是上天的意旨

而山顶的水库
来源于众人而非神

冬天雪地里的油罐车

拉油的男人靠轮胎抽烟

烟掩盖连日大雪带来的寒冷

掩盖长期得不到完整松懈的精神疲倦

在冬天才有机会观察他们

寡言，微笑

很慢，才有几丝夹杂进来的笑声

爽朗，硬且脆弱

等待运载油脂的男人们无一例外

全身上下都是油垢

泥泞雪地里排满了卡车

人像卡车的道具

和巨大的车轮相比，丿是小的
和苍白的天山相比，人更小

那日下午去独山子泥火山

同行的人在看岑寂的墙
他在捆绑自己的呼吸

体重轻易地跨过了他的意志
空调风机在呼呼旋转，发出声响

科学家告诉我们
事实上并没有时间
人以惊人倍数的速度可以
返回到你的任何时候

那时，路比影子还要长
人比路还要瘦啊

在路上，干燥的红柳气味
像巫师，规律的红绿灯像推开小窗口送来的饭菜

在火山之下，几个人

像一个人那样，独自，用眼睛抓取

爬虫、飞鸟，甚至是空气中最微小的无机物

在以前的一场火山的爆发中它们涌入无尽的暗地

分不清彼此，潜伏在暗夜发酵，形成了燃烧的物质

切土豆颂

土豆从口腔，一路沿食管的潮湿温和而下
胃部开始筛选它们

当土豆在阳光下发青
拒绝再被吃掉

冬天很冷，可供吃的不多
发青严重，才会削土豆

土窖潮湿，通向土窖的阶梯制作简陋
地衣和苔藓漫不经心
路短，摔下的人没有受伤之虞
窖底温暖，有发酵的味道
豆缨胡乱覆盖在萝卜、红薯、土豆上

柳木的案板白，砂岩的磨刀石是致密的

煤火蹿上来沸腾了

白菜与土豆，铁锅底有一抹黯淡的微红

一日之晨

早上六点十五，手机闹铃唤醒我
天色仍不明朗，窗帘遮挡一日的帷幕

还想继续睡，五分钟又继续播放音乐
冰冷里带点温暖笃定

我得起床啊，跑到儿子的卧室
他已经会坐着冲我傻笑，姑娘捂着头
不想起床，爱人在厨房给女儿做早餐

温牛奶一杯，蔬菜沙拉一份
一个煎鸡蛋，一盘炒土豆丝
还有两块面包。不算丰盛但还全面

是儿女塑造了父母
是一分一秒，斧凿了人的群像

给水壶灌满水，给肺部一个深呼吸

给孩子一个微笑：要出门去上学了
请加快你的节奏，像令行禁止的兵士一样

冰让水完全静下来了，夏天的鱼不知道都去了
哪里，鹅卵石在冬天沉默

孩子专挑冰雪残留的壤土上走路
坚硬的石板砖上仍有昨夜的落叶

我像听见了冷霜承接脚步的声音
几只雀鸟在枣树的枯枝条上弹琴

孩子向我透露她自己的事情
这是一本书最开始的几页

盾构机是怎样穿过了城市中心

周围竖起铁皮板，只有上空的飞机掠过时
能看到，施工员在外辅助的表情

在某一刻，黑色的导光纤维管
从喉腔进入身体的内部，那里是贲门
另一处是鲜红的，像海底藻类一样摇动的
胃部的黏膜

平稳的，一望无际的沃野一样的地方
是胃底吧，我们吃过的食物还留在那里

想象盾构机像探管一样穿过城市
因为科学，我们信赖，因为有更茂盛的
经济体，在我们还是冷热兵器交替时
他们已经行走在地铁
听歌，抽烟，为即将到来的房租犯愁

甚至为了一段感情而意乱情迷

究竟是谁呢，他有怎样的呼吸
他把所有的疑问，用缜密的方式解决
而不是把一群人逃离的危险和悲情
留到报纸上

在星期日，阳光盛开，在地下
白昼的灯盏明亮，时髦女郎在座位上
收听音乐。矍铄的老者，在回忆什么

几年之前，盾构机旋转切割岩体
土壤，那轰轰的马达声响
让我们跟在泥土和碎石之后

进入了沉睡之地

初冬记忆

镰刀锈蚀，住在两块石头之间
发出熟悉的被点燃的豆缨呛到的
咳嗽声

初冬，整理豆秸之后在地垄后面
开始割去萝卜缨，挖出地里的萝卜

远远看去，像两个黑点
我惊奇于视力的神奇

父亲和祖父，一前一后拉了
一整车的萝卜从土路上下坡

在长满草的墓地，在两块石头之间
我看到祖父的指甲，他的满是汗味的帽子

他正往手心里吐着唾沫，又弯腰拿起锄头
对初冬的土地一阵挖掘

祝祷

农历新年的律动在微风中
像小小的、奇妙的咒语

红灯笼的光，欢呼着
地球又绕着太阳转了一圈

为了警示漫长的一生何其短暂
人们发明了一个词叫"年"

为了感受爱
让我们的食道狭长
一个大大的西瓜也要
一口口缓慢经过

为了把旅行带到心上
让一个陌生人

给我们道"晚安"

为了让活着变得新鲜
让一个孩子
叫我们爸爸或者妈妈

初冬记忆

低矮的群山，在黑暗中寻找光
那是火，父亲用洋火擦亮一捆野草

另一群被割断的草
翻过田垄，像群打闹的孩子

寒冷中发抖的鬼针草
粘在裤角，褪去青绿的牛蒡
伏于深处，干瘪的狗尾巴，倔强地
打扫它头顶一小片天空

天空的深蓝色
比十月的冷霜铺在水库的湖面上的蓝
更蓝，比山坳中间
深邃的山路尽头更深

比落日用余光清扫人工湖的落叶
更安静，比成群的蜗牛翻过玻璃屋顶时
更慈祥

但它比不上风，永不衰老的风
已吹弯亲人的骨节，让它们住在
他们身体里，像潮汐一样翻滚

像血一样涌动

独有的审判

裤腿僵硬，冷风卷起苦艾
到达奥斯维辛的铁路
笔直

在冬天的中心，通往明天的火车
孩子们擦亮了梦的灯壶
像俄罗斯轮盘赌揭晓的那刻
子弹飞出弹匣

火车停下，肺部因排出积压多日的旧气体
每个人面对天空，都显得喜悦

每个人之间有异常的孤独
他们脸上的饥饿和铁青
会是对坏人独有的审判

做菜

是简单交谈几句，随后陷入
长时间的沉默

听水龙头出水的声音，她清洗白菜
土豆、浸泡扇贝。给鱼的肚子
塞入姜丝和葱叶

晚上朋友们来家里做客
她细心做好备好每一道菜的材料
她要陪孩子去上补习班
她厌恶我每天出去喝酒，酩酊大醉

她火山爆发的时候，我沉默
她喜欢人多的喧闹

两年以来，离群索居

我和孩子是她精神世界的全部

她喜欢听，我和朋友们的聊天
她给我们续茶，清洗水果
她知道橘子背后的圆圈大小
哪个会比较甜
知道哪一种鱼，清炖还是红烧的口味
更佳

六点半，朋友们都来了
她做菜，她没有烹调的绝技
她把菜的食材都切好码好
把葱蒜都做成应有的大小

目睹了她把一个土豆
变成土豆泥的过程，一棵白菜变为
一盘美味佳肴

才会理解一张餐桌
和一道家常菜的热气

一夜醒来

做了很多梦，荒诞的
没有逻辑，醒来后黑夜
还在无声讲述，整个天空

喜马拉雅频道没有停播古代的
英雄故事。床头柜的清茶早没了
昨夜的温度
它的一半留我的胃中
一本旧书，稀疏几个字便道出了
那个时代的风起云涌，如今，它像一个容易忽略的
　　脚注
点在一个蓬乱床具的枕头边

记得昨晚，吃了螃蟹和生蚝
也消化了一个男青年的故事和眼泪

年岁的变迁已改变了劝慰的习惯

我们学会了在沉默中承受与领悟

有多少个体能够庞大过岁月

那些惊人的引吭不过是喑哑的鸣响

我们惊喜于彼此的点头致意

然后各自出发

像两只蚂蚁朝各自的方向远去

喝过的汾酒和芝华士

切断了海马沟，割裂了我们意识海洋里的

记忆

忘记了往事的烙铁在我们

身体上嗞嗞冒烟，忘记了身体里蛋白质被破坏的味道

和疼痛

只有激烈的呕吐返回到了彼此

不断修正之后，天明，窗帘后，

一线的阳光带来

一只陌生的鸟雀到窗前探访

在旧巷寻一个地址

一个旧巷子，朋友去买水果
店门口有一棵类似马齿苋的草

像是久别重逢，又像是铜镜里
照临见自己的影子

喜欢看旧巷子里疏淡的人
缓慢，有种悠然滋长的错觉

有的怀有心事，脸上长满铁青
有的空空荡荡
像用完的面粉袋子
都像根芒刺扎到我的手心

他们一丁点的愉悦和痛苦
都是自己的

墓地记

穿丧服的人们在半坡旁的平地停下
几个人在窃窃私语

事先挖好的大坑像一个水窖
一个人于半刻钟后埋葬于此

墓地旁的柿子树，像挂了一盏盏
紧实甜蜜的灯笼

真正的悲痛已经消失
谁能抵御生命的规律

孩子们围着夯实的墓地奔跑

外祖母的慈祥和生平在松软的红土中
也将无可稽考

八月末黄昏的太原

森严的蓝色铁皮牌隔绝了路人
即将建成的地铁聆听八月的翻阅

枯燥的车声，在整个城市黄昏的潜意识里
波动

太原的名字在相邻的土地被打捞
这是一个久远的故事

王朝的都城从北宋一把火中
倾塌，整个太原的细节
被重新迁移

路面上成群蜗牛走过，数百年前
拖儿带女的一群

黄昏把仅有的阳光打在叶子上

光从角落里，从地里的每一个缝隙钻出来

患者

我见过一个伟大的人
他的思想总是很神奇、庞大、臃肿

而且他
惧怕阳光，黑色素无法留存
沉溺修辞，像木匠在木花的帝国里游泳

在半路上遇雨

我听见雨，淋湿手表上的分针
听见它用南面的咬合肌暗自牵引往北的我

荒唐啊，我以为你们都走了
当你们一次次摇曳，把长矛掷向我
当你们像蓝色的齿轮在空中转动
祈求雨，让人们走得更慢一些
在蓝色预警里稍作停留

停留于风中奔跑的雨，我们熟悉那节奏
当雨滴敲击青瓦时
当玉米地的叶子瑟瑟抖动
当心脏窦房结被泵入了血和氧

它们紧张、激越、缓慢、爆裂
像此际的云

整个七月也酣睡其中

我就是在那时，仔细听雨原谅了一把伞

当更多的水从井盖里涌出来的时候

盗取

这是一座被焚毁的城市，在漫长的梦中
像是窥探到，它在疼痛中重建

直到天光从厚窗帘的四周钻出，啃噬
九月漫长黑夜的尾声

环颈斑鸠组成的行刑队
这时跳上了枣树的枝头，红山楂支队还未完全变红

整个身体的饥饿被砸在了太阳底下
吃一个包子，再饮一碗汤

洗一个碗，从它未上釉的底部，沿光滑的碗体
一步步擦拭，清理掉食物的残渣、油渍
用水冲走，恢复它本来的样子
瓷器特有安静、从容、二氧化硅的冷

然后用一本沉闷的书和电影

盗取一整个白天的躁动、喧哗

给艾米莉 · 狄金森的信

她的家一定是石头垒成的
依靠一个斜坡
不规则的石头大小各异
与她匣子里的诗大体相同

墙上用石灰作为黏合剂
安静，带点寂寥的天分
坡是硬的，不为了迎合谁
曲线是柔的，又渴望被了解

终身未婚的女诗人
就是那些粗劣的纸张
吸纳了她一生的苦涩和甜蜜

每天写两首诗，甚至更多
她的心脏是她的秘密读者

多么荒唐啊，她居然只发表了七首
像世界上最富裕国家的管理员
随意捧出了七颗珍珠

又能怎样呢？后来那些人
把她的灵魂，打包成各种各样的
体积、份数，包装
分发给地球每一处的人

它已经无法成为另一棵树了

从前是这样，它看不出它与另外一棵的差别
后来一个男孩用刀片在它那里
表达自己

用生硬的笔画留给世界
自己的姓氏

是人类姓氏，普通，笔画很少
有曲折的上古故事

汁液拼命地疏浚伤口，疏浚被天黑驱赶
而来的鸟群

鸟儿彼此交谈，它们因失去天空
而使它的枝丫抖动。它喜欢上这种
让它安静的喧哗

有时，雨给它的伤口捎来口信
有时是灰尘

在最疼痛的地方，忘记了疼痛
形成了一条凸起的图形，致密地
跃于身体之上

它不得不把瘤块当成偶然的布
一种完美的馈赠

喂牛的晚上

牛的眼眸中很少有暴躁，慢条斯理
用舌头卷起玉米秆

它发怒时，也不会像
被捕后气鼓鼓的河豚，空气中弥漫它咀嚼
干草的声音

没有什么事情做，就突然
用手拨高煤油灯芯，火焰跳得更高了
一突一突在土墙上放大影子

牛吃饱之后，四条腿膝盖弯下
跪在地上休息。它在玄武岩的牛槽后面
偶尔喷出几下响鼻

冬天寒冷的天气，也有牛虻

嗡嗡作响的黑斑蚊，它用尾巴四处鞭打身体

拨了煤油灯后，它塌陷在黑暗里
把门闩插上，轻轻把锁摁好

世界好像归到了原位，只有锁具卡扣碰撞一起的摩擦
里面没有什么动静，有牛呼吸的声音
像一个小孩试图拉开了风箱

走路回家的好处

我也想用手掌开一家水果店
比你的阳台更小，更私有，更甜蜜

摆满水果的一楼阳台，像核桃一样的砂糖橘
滚落了一地

手写招牌上的错字，恕我不能
为你整理

切疙瘩面馆挤在两座大厦之间
发出一种安放时间的光

地下室理发店，昏黄的灯泡
老式的手工推头器，宣告着工作的奥义

舒适的节奏，缓慢的日常

灰尘悬浮在空气中，重构着穿越云层的正午

想起多年前，我在祖居门口拿铁锹
用红土和井水调和煤泥

一个人走路，回家
像一只肥胖肚子的黑猩猩
有一天，弯腰看到了自己的脚

达坂城

是散养的马匹、青筋虬乱的甜瓜
还是皱巴巴的葡萄干和辣椒
让宽阔苍茫的连霍高速，在此断流

铁轨冰凉，它曾在一节倾覆的车厢旁
窥见了风神的模样

独特的建筑，高低错落的沙丘
一想到它们的下面，坎儿井的水流
像静脉里的血液一样，在为了人
为了大枣的甜蜜、核桃的脆香
默默赶路

蜿蜒的公路，伸向远方浅蓝的天空
目光在窗外的戈壁滩上，收到一只野兔
蹦跳的祝福

白色风车转动黄昏的沉重，手掌轻轻拍打方向盘
用那种熟悉的节奏，寻找
一个叫王洛宾的男人

春季郊游

很快就听到汽车活塞运动的声音，在车尾
一阵蓬勃的烟雾之后，两辆车在乡村小道上
出发了。水泥路不分双向车道，没有双黄线
但有基本的设定。两旁的白杨凋落了叶子
冬末的寒气之中，它们还没有萌出新的嫩芽
在路两旁的水塘，身穿橡胶连体衣的人
在挖着泥淖深处的莲藕。一众人开了两辆车，一辆
是柚木色的奥迪 SUV，上面挂满尘土和灰泥
轮毂上的积垢相当明显，车前脸有两处划痕
底漆的白色像米其林餐厅在盘子上做调色
另外一辆是七座的 MPV，大人们把叽叽喳喳的孩子们
拉到了车里，其中最小的一个，因为
没有拿到风筝的一个尾巴哭闹起来
乡道穿过了田野
路两旁的苹果树边，果农在给苹果树修剪枝条
有的人开电动三轮车满载玉米芯往回走

偶尔看见低矮的乡道编号石在路旁不显眼的地方

像一个迷你的拴马桩。目的地是另一乡镇的饭店

临近春节，该地开始了大集，集市上人满为患

汽车停滞不前，无法鸣笛。小贩用铁丝床搭建，临时的贩摊

在上面摆放春联售卖，有的售卖鞭炮和烟花

有临时搭起的塑料棚，里面有简易的炊具、长条板凳

以及盛满自来水的塑料桶，这是临时的饭店，做简单的饭菜

有羊汤、炒面等。还有售卖干果的

来自新疆的巴旦木，陕西的开心果

还有不知产地的瓜子和花生。通过集市

道路通畅，在马路尽头有一涵洞

在涵洞之上，新型如同蟒蛇一样的高铁

正快速地通过。走到一半之后，岳父认出

饭店名字，他没有来过此镇

只是在房客的闲谈之中，其中一两个人

对这个乡镇饭店赞不绝口

因此岳父在我们全部到来之后，决定全家人

来此处大餐一顿，作为一年以来，全家人的相聚

天气晴朗，万里无云。天空发出一种靛蓝的光

前几天，大雪在屋顶上积为硬邦邦的冰凌

此时已经开始消融，快速滴落到地面上的水滴

连贯成一条直线，不住下滴。在饭店门口，寻找

停车的位置，经过店员的引导

从饭店的后侧进入停车场，是一片废弃的天地

绿色的蒙了一层灰的小麦正有待返青

酸枣树沿沟沿顽强地生长。说笑着，跳过积水未排

的小水坑，饭店后面堆积了许多未清洗的碗筷

它们被盛放在一个蓝色的大塑料盆中，还有一些

喝完的玻璃瓶可乐，统一放在回收塑料格子里

一些一次性塑料桌单，贴着地面

或被风吹起来，挂在了沟沿的酸枣树上。

我们掀起厚厚的棉布门帘，从滴水的屋檐下跳进后厨

数十位后厨人员都忙各自的事情

传菜员在推餐车拿菜，厨师颠勺在冒火的灶台上炒菜

备菜员在水龙头下洗菜，一切井然有序又肮脏不堪

厨房的地面上像洒了一层油，人在上面随时会跌倒。

大家在一种雀跃的心情之中，简单地聊着天

说新的一年的展望，聊各自知道的彼此

都感兴趣的话题，天地之间有一种新鲜的寒气

雨中

暴雨中的凌晨，灯光已经打烊
仅有几家饭馆在等，午夜不回家的人
以及临时来填一下肚皮的出租车司机

蒙了一层灰线的建筑
好像风暴潮来临前的大海

一家即时餐厅还在营业
一个等待订单的外卖小哥
骑跨在电动车座上

雨点纳入了他的身体，圆弧形黄色头盔上
卡哇伊的天线造型，像是对墙壁上
跨国公司的服装海报的反讽

他在来回用脚踢踏着水中雨滴

雨水轻刷地面，长街道已沉睡，偶尔

驶来的汽车打响雨刷，汾河像是它

多汁的名字，拱形拉索桥饱含时代的张力

雨中没有太多人只有积水闪烁温柔的眼睛